难能最是得从容

汪曾祺 谈人生

人民文学出版社

图书在版编目(CIP)数据

难能最是得从容:汪曾祺谈人生 /汪曾祺著.—北京:人民文学出版社,2022
(中国名家谈人生系列)
ISBN 978-7-02-017403-4

Ⅰ.①难… Ⅱ.①汪… Ⅲ.①散文集—中国—当代 Ⅳ.①I267

中国版本图书馆 CIP 数据核字(2022)第 151915 号

责任编辑　刘　伟
装帧设计　黄云香
责任印制　任　祎

出版发行　人民文学出版社
社　　址　北京市朝内大街 166 号
邮政编码　100705

印　　刷　三河市宏盛印务有限公司
经　　销　全国新华书店等

字　　数　124 千字
开　　本　850 毫米×1168 毫米　1/32
印　　张　8.125　插页 11
印　　数　1—5000
版　　次　2022 年 9 月北京第 1 版
印　　次　2022 年 9 月第 1 次印刷

书　　号　978-7-02-017403-4
定　　价　42.00 元

如有印装质量问题,请与本社图书销售中心调换。电话:010-65233595

解得夕阳无限好　不须惆怅近黄昏

七十七年前此时此刻我正在生出来

人远天涯，秋风作得嫩寒如许

塞外风情

人境

新沏清茶饭后烟,自搔短发负晴暄。
枝头残菊开还好,留得秋光过小年。

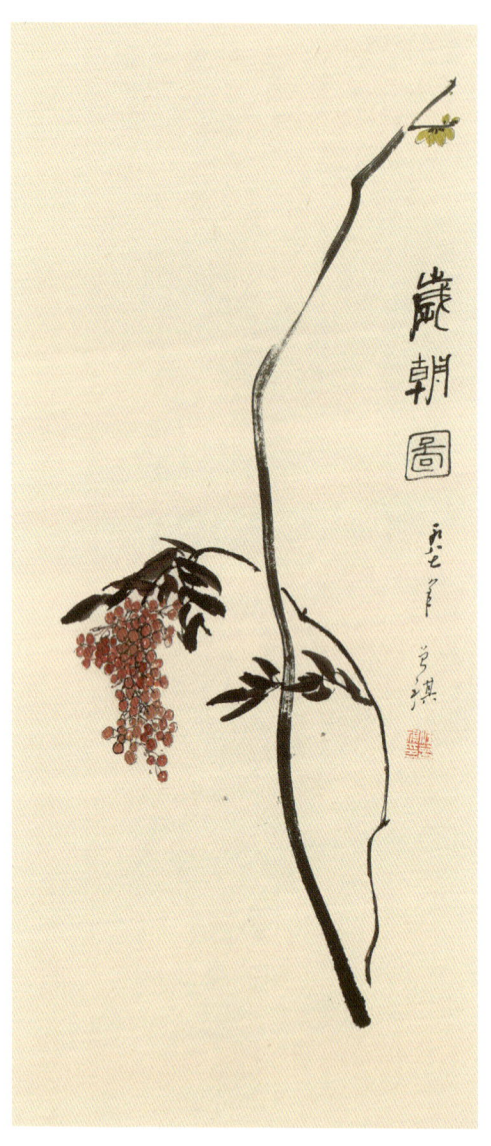

岁朝图

干卿何事

故乡过端午,盘列十二红,今我在燕北,欣尝地角葱。

故园东望路漫漫

祗今谁识金昌绪，千载苍茫一首诗。

窗外雨潺潺

郎今欲渡缘何事,如此风波不可行

目　录

自得其乐

论"世故" __ 003

烟与寂寞 __ 008

踢毽子 __ 011

"无事此静坐" __ 016

寻常茶话 __ 020

七十书怀 __ 028

多年父子成兄弟 __ 036

随遇而安 __ 042

觅我游踪五十年 __ 056

烟赋 __ 065

自得其乐 __ 076

却老 __ 086

猴年说命 __ 093

悔不当初 __ 097

祈难老 __ 102

老年的爱憎 __ 107

继母 __ 110

造屋为人 __ 114

病 __ 118

"安逸" __ 120

猫 __ 122

秘书 __ 125

抚今追昔

国子监 __ 131

旅途杂记 __ 145

八仙 __ 155

香港的鸟 __ 170

桥边散文 __ 173

香港的高楼和北京的大树 __ 183

比罚款更好的办法 __ 186

午门 __ 188

吴三桂 __ 191

钓鱼台 __ 195

四时佳兴

岁交春 __ 201

夏天 __ 204

淡淡秋光 __ 209

冬天 __ 216

谈读杂书

谈读杂书 __ 223

读廉价书 __ 226

博雅 __ 237

知识分子的知识化 __ 240

开卷有益 __ 243

谈幽默 __ 247

我的文学观 __ 250

书到用时 __ 252

自得其乐

论"世故"[①]

"人生在世……"

"时代的巨轮……"

我们在一堆充满符箓性质的文字催眠中长大了。从穿了童子军装在草地上打滚直到插一朵白康乃馨去参加一个夜宴。能够摆脱这一堆文字与其影响（尤其是那些暧暗到自己不肯承认）的实在很少。起先，我们强不知为知，以为这些道理在生活中，一定至少与吃饭穿衣一样重要。其后强知以为不知，服从于既成的习惯，不想到怀疑这些。于是，终于，我们必然的在课卷上写下

"万恶的社会……"

一个带国文教员的最头疼的事，大概不是学生文理不通顺或错字太多，而是这些拂不散的蚁虫推不开的蛙叫一样的

滥调。一个青年人存储在喉头附近最多的词汇应是

黑暗，危险，阴谋。

一想到这些字，他们大都立刻拥有一种颤栗的愉快，一种被迫害的光荣，一种自痛的骄傲，说实话，这一类抽象字眼，真不太容易懂得。一个聪明正常的老年人，在炉火的最后三个火焰前，也许会想想字典上是否有这类字眼存在的必要，消灭这类字眼，或比消灭字眼所代表的事实更重要些。因为这个老年人的脊背可能是教这些字时弯的。因为有了这些字，人必须得又创造一个新的词汇：

"世故"。就是这两个字，在我们额上刻下无数难看的皱纹了：

"少年老成"是一句很普通也很难得的称赞。"他，小孩子吗，丝毫不懂得世故！"这会令被菲薄人的父母寒心，于是其结果，是大家学"世故"。

社会上有一种人，大都事业或事业方向已都确定（不如说是注定）。为公务员，做官，读书，成学者。大都不□有一点名气，一点□□，起居生活规矩如火车时刻表，不会脱节误点。□□□□有一定单位，一定数量。约略与历书相似，自己以为安命顺天，其实是偷生懒惰。在吃饭生孩子满

足一个生物的本能之余,则把生命耗在"世故"上。

他们在某个年龄上,只要不是"断桥",便会留起胡子,看一点佛经,读太上老君阴骘文,乃至坑□人禅要研究,研究柏拉图。这种人见到人照例点头鞠躬,呵腰摆手。常常助人,但助人由于满足礼佛心理而非由于爱人。不大责人,责人则是表示崇超,并不真细心体贴。同座有人评述一件事,一个人,他总是不动声色,貌似胸有城府而实在是,漆黑一团,无法可说。有人拉他从事一件较有关系运动工作,一字嘿然不声,用超然态度掩饰其□□踟蹰。如其被大家声势所迫,不愿表示自己"落伍","保守",必须在一张宣言草案之类纸张上签名,那他的笔在手中,一定轻抖,心里也许正想如何故意写得不像自己笔迹,以便日后圆赖,够了,这便已经够了。有这些,自然,"成功"永远是他的。

这种人是世界上最多的,他们的一套传统思想,便是"世故"。

"世故"是甚么?是

不向高处飞,不向远处走,也不向深处掘发。守定在一个小圈子内过日子。但是世故的人可太多了;而地球却并未年年增加其面积；这些人各想占据一个地位，那怎么办呢？

"世故"是甚么？是

守在一个小圈子里过日子，并用最简便的方法过日子。最简便的方法当是占别人便宜，剽窃别人劳力，偷卖别人权利。大家都想如此怎么办？

怎么办呢？他们的解决办法，还是"世故"。于是"世故"中包含许多算计，倾轧，陷害，本来是可厌的更加上了可恨。本来可弃，现在加上可杀了。

总算"世故"的人懂"世故"，不好意思只许自己此如。他们到留了胡子时候，也跟年青人说：社会充满了黑暗，危险，阴谋，社会是万恶的，你们必须"世故"。这个"世故"的意思是"退让"，"任人剥削"。等这般年青的长大了，多年的媳妇熬成了婆，又如法炮制用这两个字送给下一辈子。"世故"会存在到世界的末日，而世界的末日也就是这两个字造成的。

世界并不黑暗，也不危险，因为世界是我们的。世界上没有阴谋，因为我们没有阴谋。所以，我们用不着"世故"，社会并不是万恶的，因为我们不"世故"。

注　释

① 本篇原载 1943 年 5 月 30 日《春秋导报》，署名"余疾"。

烟 与 寂 寞[①]

我去买烟，我不喜欢老是抽一个牌子，人每在抽烟上有许多意见，有人很固执很认真的保卫他抽的那个牌子，反对甚至看不起抽他以为不值得抽的牌子的人。比如抽美国烟与英国烟的简直的是世界上截然不同的两类的人。可是我喜欢常常换换口味。换换口味；或者简单的我就是要换换牌子，不是换吸，而是换买。决定了买那一种，决定而如意的买成了，（常常少不得有许多条件限制的），这给我快乐。——我很久以来即有个志愿，买一盒一种土耳其的长烟抽抽。不一定是要抽，就是买买。我要经验一下接在手里，拿回家来，拆开，拈出，拿在手里，看一看，（纸纹，标记），点火，抽，抽两口，又摸摸看看那个盒子，（装潢风格显然与他种香烟不似），这种种过程。我现在的能力要偶然买一盒自然还买得起,但我没有买那么一盒的充分感情。我想有一个机会,想到我有一次远行时买一盒带在小皮箱里;等到了,见到了,或已坐下来,跟他抽一枝,或在她的眼前抽一枝。我把这回事看得很重。——今天,我去买烟。我毫无成见。也有时候我一去即说出牌子。有时,我要看看,看来看去,找我的兴趣希望所在。今天,我连买烟丝或者烟都没有打主意。而我记起前两天路上走,看见一家新到了一批小雪茄。这种雪茄我父亲曾经抽过,那时我还小得很。(真是老牌了)。父亲很赞赏这种烟,又便宜又好。他满意于他自己的口味,满意于他的选择。一看到这种小雪茄,或心里一喜欢。而且那么多堆在一处,有一种富足大方之感。当时我为甚没有即买?盖有待也?现在,我一定去买。希望不要有甚么心思牵制我,教我改主意。

我买成了,心里有一种感动。虽然小小的,但实在是感动。

而,我的烟拿在手,脸上有喜悦,身后来了一个人。一个面目端正,正直而和蔼,有思想有身份的中年人;他看了看,说:"有×××,就这个。"——他说这个牌子说得很熟练而带有感情,仿佛他一直在留心,今天偶然发现了!正是我手里的那一种。他觉得我看他,也看看我。看见我手里一札子烟了,我们极其自然的点了点头。带笑,仿佛我们很熟似的。并没有说话,好像也无须说话。

注　释

① 本篇原载1947年6月22日上海《东南日报》;又载1947年7月6日《西北文化日报》、1947年12月5日汉口《华中日报》,署名"曾祺"。

踢毽子[①]

我们小时候踢毽子，毽子都是自己做的。选两个小钱（制钱），大小厚薄相等，轻重合适，叠在一起，用布缝实，这便是毽子托。在毽托一面，缝一截鹅毛管，在鹅毛管中插入鸡毛，便是一只毽子。鹅毛管不易得，把鸡毛直接缝在毽托上，把鸡毛根部用线缠缚结实，使之向上直挺，较之插于鹅毛管中者踢起来尤为得劲。鸡毛须是公鸡毛，用母鸡毛做毽子的，必遭人笑话，只有刚学踢毽子的小毛孩子才这么干。鸡毛只能用大尾巴之前那一部分，以够三寸为合格。鸡毛要"活"的，即从活公鸡的身上拔下来的，这样的鸡毛，用手抹煞几下，往墙上一贴，可以粘住不掉。死鸡毛粘不住。后来我明白，大概活鸡毛经抹煞会产生静电。活鸡毛做的毽子毛茎柔软而有弹性，踢起来飘逸潇洒。死鸡毛做的毽子踢起来就发死发僵。鸡毛里讲究要"金绒帚子白绒哨子",即从五彩大公鸡身上拔下来的,毛的末端乌黑闪金光,下面的绒毛雪白。次一等的是芦花鸡毛。赭石的、土黄的,就更差了。我们那里养公鸡的人家很多,入了冬,快腌风鸡了,这时正是公鸡肥壮,羽毛丰满的时候,孩子们早就"贼"上谁家的鸡了,有时是明着跟人家要,有时乘没人看见,摁住一只大公鸡,噌噌拔了两把毛就跑。大多数孩子的书包里都有一两只足以自豪的毽子。踢毽子是乐事,做毽子也是乐事。一只"金绒帚子白绒哨子",放在桌上看看,也是挺美的。

我们那里毽子的踢法很复杂,花样很多。有小五套,中五套,大五套。小五套是"扬、拐、尖、托、笃",是用右脚的不同部位踢的。中五套是"偷、跳、舞、环、踩",也是用右脚踢,但以左脚作不同的姿势配合。大五套则是同时运用两脚踢,分"对、岔、绕、掼、挝"。小五套技术比较简单,运动量较小,一般是女生踢的。中五套较难,大五套则难度很大,运动量也很大。要准确地描述这些踢法是不可能的。这些踢法的名称也是外地人所无法理解的,连用通用的汉字写出来都困难,如"舞"读如"吴","掼"读

kuàn，"笃"和"挞"都读入声。这些名称当初不知是怎么确立的。我走过一些地方，都没有见到毽子有这样多的踢法。也许在我没有到过的地方，毽子还有更多的踢法。我希望能举办一次全国毽子表演，看看中国的毽子到底有多少种踢法。

踢毽子总是要比赛的。可以单个地赛。可以比赛单项，如"扬"踢多少下，到踢不住为止；对手照踢，以踢多少下定胜负。也可以成套比赛，从"扬、拐、尖、托、笃""偷、跳、舞、环、踩"踢到"对、岔、绕、掼、挞"。也可以分组赛。组员由主将临时挑选，踢时一对一，由弱至强，最弱的先踢，最后主将出马，累计总数定胜负。

踢毽子也有名将，有英雄。我有个堂弟曾在县立中学踢毽子比赛中得过冠军。此人从小爱玩，不好好读书，常因国文不及格被一个姓高的老师打手心，后来忽然发愤用功，现在是全国有名的心脏外科专家。他比我小一岁，也已经是抱了孙子的人了，现在大概不会再踢毽子了。我们县有一个姓谢的，能在井栏上转着圈子踢毽子。这可是非常危险的事，重心稍一不稳，就会扑通一声掉进井里！

毽子还有一种大集体的踢法，叫做"嗨（读第一声）卯"。一个人"喂卯"——把毽子扔给嗨卯的，另一个人接到，把毽子使劲向前踢去，叫做"嗨"。嗨得极高，极远。嗨卯只能"扬"，——用右脚里侧踢，别种踢法踢不到这样高，这样远。下面有一大群人，见毽子飞来，就一齐纵起身来抢这只毽子。谁抢着了，就有资格等着接递原嗨卯的去嗨。毽子如被喂卯的抢到，则他就可上去充当嗨卯的，嗨卯的就下来喂卯。一场嗨卯，全班同学出动，喊叫喝彩，热闹非常。课间十分钟，一会儿就过去了。

踢毽子是冬天的游戏。刘侗《帝京景物略》云"杨柳死，踢毽子"，大概全国皆然。

踢毽子是孩子的事，偶尔见到近二十边上的人还踢，少。北京则有老人踢毽子。有一年，下大雪，大清早晨，我去逛天坛，在天坛门洞里见到几位老人踢毽子。他们之中最年轻的也有六十多了。他们轮流传递着踢，一个传给一个，那个接过来，踢一两下，传给另一个。"脚法"大都是"扬"，间或也来一下"跳"。我在旁边也看了五分钟，毽子始终没有落到地下。他们大概是"毽友"，经常，也许是每天在一起踢。老人都腿脚利落，身板挺直，面色红润,双眼有光。大雪天,这几位老人是一幅画,一首诗。

一九八八年六月六日

注　释

① 本篇原载 1988 年 7 月 12 日《中国体育报》;初收《蒲桥集》,作家出版社,1989 年 3 月。

"无事此静坐"[①]

我的外祖父治家整饬,他家的房屋都收拾得很清爽,窗明几净。他有几间空房,檐外有几棵梧桐,室内木榻、漆桌、藤椅。这是他待客的地方。但是他的客人很少,难得有人来。这几间房子是朝北的,夏天很凉快。南墙挂着一条横幅,写着五个正楷大字:

"无事此静坐"。

我很欣赏这五个字的意思。稍大后,知道这是苏东坡的诗,下面的一句是:

"一日当两日"。

事实上,外祖父也很少到这里来。倒是我常常拿了一本闲书,悄悄走进去,坐下来一看半天。看起来,我小小年纪,就已经有了一点隐逸之气了。

静,是一种气质,也是一种修养。诸葛亮云:"非淡泊无以明志,非宁静无以致远。"心浮气躁,是成不了大气候的。静是要经过锻炼的,古人叫做"习静"。唐人诗云:"山中习静朝观槿,松下清斋折露葵。""习静"可能是道家的一种功夫,习于安静确实是生活于扰攘的尘世中人所不易做到的。静,不是一味地孤寂,不闻世事。我很欣赏宋儒的诗:"万物静观皆自得,四时佳兴与人同。"唯静,才能观照万物,对于人间生活充满盎然的兴致。静是顺乎自然,也是合乎人道的。

世界是喧闹的。我们现在无法逃到深山里去,唯一的办法是闹中取静。毛主席年轻时曾采取了几种锻炼自己的方法,一种是"闹市读书"。把自己的注意力高度集中起来,不受外界干扰,我想这是可以做到的。

这是一种习惯,也是环境造成的。我下放张家口沙岭子农业科学研究所劳动,和三十几个农业工人同住一屋。他们吵吵闹闹,打着马锣唱山西梆子,我能做到心如止水,照样看书、写文章。我有两篇小说,就是在震耳的马锣声中写成的。这种功夫,多年不用,已经退步了,我现在写东西总还是希望有个比较安静的环境,但也不必一定要到海边或山边的别墅中才能构思。

　　大概有十多年了,我养成了静坐的习惯。我家有一对旧沙发,有几十年了。我每天早上泡一杯茶,点一支烟,坐在沙发里,坐一个多小时。虽是块然独坐,然而浮想连翩。一些故人往事,一些声音、一些颜色、一些语言、一些细节,会逐渐在我的眼前清晰起来,生动起来。这样连续坐几个早晨,想得成熟了,就能落笔写出一点东西。我的一些小说散文,常得之于清晨静坐之中。曾见齐白石一小幅画,画的是淡蓝色的野藤花,有很多小蜜蜂,有颇长的题记,说这是他家山的野藤,花时游蜂无数,他有个孙子曾被蜂螫,现在这个孙子也能画这种藤花了,最后两句我一直记得很清楚:"静思往事,如在目底"。这段题记是用金冬心体写的,字画皆极娟好。"静思往事,如在目底",我觉得这是最好的创作心理状态。就是下笔的时候,也最好心里很平静,如白石老人题画所说:"心闲气静时一挥"。

　　我是个比较恬淡平和的人,但有时也不免浮躁,最近就有点如我家乡话所说"心里长草"。我希望政通人和,使大家能安安静静坐下来，想一点事，读一点书，写一点文章。

一九八九年八月十六日

注　释

① 本篇原载 1989 年 10 月 18 日《消费时报》"拈花小品"专栏；初收《汪曾祺小品》，中国人民大学出版社，1992 年 10 月。

寻 常 茶 话[①]

我对茶实在是个外行。茶是喝的,而且喝得很勤,一天换三次叶子。每天起来第一件事,便是坐水,沏茶。但是毫不讲究。对茶叶不挑剔。青茶、绿茶、花茶、红茶、沱茶、乌龙茶,但有便喝。茶叶多是别人送的,喝完了一筒,再开一筒。喝完了碧螺春,第二天就可以喝蟹爪水仙。但是不论什么茶,总得是好一点的。太次的茶叶,便只好留着煮茶叶蛋。《北京人》里的江泰认为喝茶只是"止渴生津利小便",我以为还有一种功能,是:提神。《陶庵梦忆》记闵老子茶,说得神乎其神。我则有点像董日铸,以为"浓、热、满三字尽茶理"。我不喜欢喝太烫的茶,沏茶也不爱满杯。我的家乡论为客人斟茶斟酒:"酒要满,茶要浅",茶斟得太满是对客人不敬,甚至是骂人。于是就只剩下一个字:

浓。我喝茶是喝得很酽的。曾在机关开会,有女同志尝了我的一口茶,说是"跟药一样"。

我读小学五年级那年暑假,我的祖父不知怎么忽然高了兴,要教我读书。"穿堂"的右侧有两间空屋。里间是佛堂,挂了一幅丁云鹏画的佛像,佛的袈裟是朱红的。佛像下,是一尊乌斯藏铜佛。我的祖母每天早晚来烧一炷香。外间本是个贮藏室,房梁上挂着干菜,干的粽叶,靠墙有一坛"臭卤",面筋、百叶、笋头、苋菜秸都放在里面臭。临窗设一方桌,便是我的书桌。祖父每天早晨来讲《论语》一章,剩下的时间由我自己写大小字各一张。大字写《圭峰碑》,小字写《闲邪公家传》,都是祖父从他的藏帖里拿来给我的。隔日作文一篇,还不是正式的八股,是一种叫做"义"的文体,只是解释《论语》的内容。题目是祖父出的。我共做了多少篇"义",已经不记得了。只记得有一题是"孟子反不伐义"。

祖父生活俭省,喝茶却颇考究。他是喝龙井的,泡在一个深栗色的扁肚子的宜兴砂壶里,用一个细瓷小杯倒出来喝。他喝茶喝得很酽,一次要放多半壶茶叶。喝得很慢,喝一口,还得回味一下。

他看看我的字、我的"义";有时会另拿一个杯子,让我喝一杯他的茶。真香。从此我知道龙井好喝,我的喝茶浓酽,跟小时候的熏陶也有点关系。

后来我到了外面,有时喝到龙井茶,会想起我的祖父,想起孟子反。

我的家乡有"喝早茶"的习惯,或者叫做"上茶馆"。上茶馆其实是吃点心,包子、蒸饺、烧麦、千层糕……茶自然是要喝的。在点心未端来之前,先上一碗干丝。我们那里原先没有煮干丝,只有烫干丝。干丝在一个敞口的碗里堆成塔状,临吃,堂倌把装在一个茶杯里的佐料——酱油、醋、麻油浇入。喝热茶、吃干丝,一绝!

抗日战争时期,我在昆明住了七年,几乎天天泡茶馆。"泡茶馆"是西南联大学生特有的说法。本地人叫做"坐茶馆","坐",本有消磨时间的意思,"泡"则更胜一筹。这是从北京带过去的一个字,"泡"者,长时间地沉溺其中也,与"穷泡"、"泡蘑菇"的"泡"是同一语源。联大学生在茶馆里往往一泡就是半天。干什么的都有。聊天、看书、写文章。有一位教授在茶馆里读梵文。有一位研究生,可称泡茶馆的冠军。此人姓陆,是一怪人。他曾经徒步旅行了半个中国，读书甚多，而无所著述，不爱说话。他简直是"长"在茶馆里。上午、下午、晚上，要一杯茶，独自坐着看书。他连漱洗用具都放在一家茶馆里，一起来就到茶馆里洗脸刷牙。听说他后来流落在四川，穷困潦倒而死，悲夫！

昆明茶馆里卖的都是青茶，茶叶不分等次，泡在盖碗里。文林街后来开了一家"摩登"茶馆，用玻璃杯卖绿茶、红茶——滇红、滇绿。滇绿色如生青豆，滇红色似"中国红"葡萄酒，茶味都很厚。滇红尤其经泡，三开之后，还有茶色。我觉得滇红比祁（门）红、英（德）红都好，这也许是我的偏见。当然比斯里兰卡的"利普顿"要差一些——有人喝不来"利普顿"，说是味道很怪。人之好恶，不能勉强。

我在昆明喝过烤茶。把茶叶放在粗陶的烤茶罐里，放在炭火上烤得半焦，倾入滚水，茶香扑人。几年前在大理街头看到有烤茶罐卖，犹豫一下，没有买。买了，放在煤气灶上烤，也不会有那样的味道。

1946年冬，开明书店在绿杨邨请客。饭后，我们到巴金先生家喝功夫茶。几个人围着浅黄色的老式圆桌，看陈蕴珍（萧珊）"表演"：濯器、炽炭、注水、淋壶、筛茶。每人喝了三小杯。我第一次喝功夫茶，印象深刻。这茶太酽了，只能喝三小杯。在座的除巴先生夫妇，有靳以、黄裳。一转眼，43年了。靳以、萧珊都不在了。巴老衰病，大概没有喝一次功夫茶的兴致了。那套紫砂茶具大概也不在了。

我在杭州喝过一杯好茶。

1947年春，我和几个在一个中学教书的同事到杭州去玩。除了"西湖景"，使我难忘的有两样方物，一是醋鱼带把。所谓"带把"，是把活草鱼的脊肉剔下来，快刀切为薄片，其薄如纸，浇上好秋油，生吃。鱼肉发甜，鲜脆无比。我想这就是中国古代的"切脍"。一是在虎跑喝的一杯龙井。真正的狮峰龙井雨前新芽，每蕾皆一旗一枪，泡在玻璃杯里，茶叶皆直立不倒，载浮载沉，茶色颇淡，但入口香浓，直透脏腑，真是好茶！只是太贵了。一杯茶，一块大洋，比吃一顿饭还贵。狮峰茶名不虚传，但不得虎跑水不可能有这样的味道。我自此方知道，喝茶，水是至关重要的。

我喝过的好水有昆明的黑龙潭泉水。骑马到黑龙潭，疾驰之后，下马到茶馆里喝一杯泉水泡的茶，真是过瘾。泉就在茶馆檐外地面，一个正方的小池子，看得见泉水咕嘟咕嘟往上冒。井冈山的水也很好，水清而滑。有的水是"滑"

的,"温泉水滑洗凝脂"并非虚语。井冈山水洗被单,越洗越白;以泡"狗古脑"茶,色味俱发,不知道水里含了什么物质。天下第一泉、第二泉的水,我没有喝出什么道理。济南号称泉城,但泉水只能供观赏,以泡茶,不觉得有什么特点。

有些地方的水真不好。比如盐城。盐城真是"盐城",水是咸的。中产以上人家都吃"天落水"。下雨天,在天井上方张了布幕,以接雨水,存在缸里,备烹茶用。最不好吃的水是菏泽,菏泽牡丹甲天下,因为菏泽土中含碱,牡丹喜碱性土。我们到菏泽看牡丹,牡丹极好,但茶没法喝。不论是青茶、绿茶,沏出来一会儿就变成红茶了,颜色深如酱油,入口咸涩。由菏泽往梁山,住进招待所后,第一件事便是赶紧用不带碱味的甜水沏一杯茶。

老北京早起都要喝茶,得把茶喝"通"了,这一天才舒服。无论贫富,皆如此。1948年我在午门历史博物馆工作。馆里有几位看守员,岁数都很大了。他们上班后,都是先把带来的窝头片在炉盘上烤上,然后轮流用水氽坐水沏茶。茶喝足了,才到午门城楼的展览室里去坐着。他们喝的都是花茶。

北京人爱喝花茶，以为只有花茶才算是茶（北京很多人把茉莉花叫做"茶叶花"）。我不太喜欢花茶，但好的花茶例外，比如老舍先生家的花茶。

老舍先生一天离不开茶。他到莫斯科开会，苏联人知道中国人爱喝茶，倒是特意给他预备了一个热水壶。可是，他刚沏了一杯茶，还没喝几口，一转脸，服务员就给倒了。老舍先生很愤慨地说："他妈的！他不知道中国人喝茶是一天喝到晚的！"一天喝茶喝到晚，也许只有中国人如此。外国人喝茶都是论"顿"的，难怪那位服务员看到多半杯茶放在那里，以为老先生已经喝完了，不要了。

龚定庵以为碧螺春天下第一。我曾在苏州东山的"雕花楼"喝过一次新采的碧螺春。"雕花楼"原是一个华侨富商的住宅，楼是进口的硬木造的，到处都雕了花，八仙庆寿、福禄寿三星、龙、凤、牡丹……真是集恶俗之大成。但碧螺春真是好。不过茶是泡在大碗里的，我觉得这有点煞风景。后来问陆文夫，文夫说碧螺春就是讲究用大碗喝的。茶极细，器极粗，亦怪！

我还在湖南桃源喝过一次擂茶。茶叶、老姜、芝麻、米、加盐放在一个擂钵里，用硬木的擂棒"擂"成细末，用开水冲开，便是擂茶。

茶可入馔，制为食品。杭州有龙井虾仁，想不恶。裘盛戎曾用龙井茶包饺子，可谓别出心裁。日本有茶粥。《俳人的食物》说俳人小聚，食物极简单，但"唯茶粥一品，万不可少"。茶粥是啥样的呢？我曾用粗茶叶煎汁，加大米熬粥，自以为这便是"茶粥"了。有一阵子，我每天早起喝我所发明的茶粥，自以为很好喝。四川的樟茶鸭子乃以柏树枝、樟树叶及茶叶为薰料，吃起来有茶香而无茶味。曾吃过一块龙井茶心的巧克力，这简直是恶作剧！用上海人的话说：巧克力与龙井茶实在完全"弗搭界"。

一九八九年九月十六日

注　释

①　本篇原载 1990 年 3 月 20 日《光明日报》，又载《清风集》（袁鹰主编），中外文化出版公司，1990 年 12 月；初收《旅食集》，广东旅游出版社，1992 年 4 月。

七十书怀[1]

六十岁生日,我曾经写过一首诗:

冻云欲湿上元灯,

漠漠春阴柳未青。

行过玉渊潭畔路,

去年残叶太分明。

这不是"自寿",也没有"书怀","即事"而已。六十岁生日那天一早,我按惯例到所居近处的玉渊潭遛了一个弯,所写是即目所见。为什么提到上元灯?因为我的生日是旧历的正月十五。据说我是日落酉时建生,那么正是要"上灯"的时候。沾了元宵节的光,我的生日总不会忘记。但是小时不做生日,到了那天,我总是鼓捣一个很大的,下面安四个轱辘的兔子灯,晚上牵了自制的兔子灯,里面插了蜡烛,在家里厅堂过道里到处跑,有时还要牵到相熟的店铺中去串门。我没有"今天是我的生日"的意识,只是觉得过"灯节"(我们那里把元宵叫做"灯节")很好玩。十九岁离乡,四方漂泊,过什么生日!后来在北京安家,孩子也大了,家里人对我的生日渐渐重视起来。到了那天,总得"表示"一下。尤其是我的孙女和外孙女,她们对我的生日比别人更为热心,因为那天可以吃蛋糕。六十岁是个整寿。但我觉得无所谓。诗的后两句似乎有些感慨,因为这时"文化大革命"过去不久,容易触景生情,但是究竟有什么感慨,也说不清。那天是阴天,好像要下雪,天气其实是很舒服的,诗的前两句隐隐约约有一点喜悦。总之,并不衰飒,更没有过一年少一年这样的颓唐的心情。

一晃,十年过去了,我七十岁了。七十岁生日那天写了一首《七十书怀出律不改》:

> 悠悠七十犹耽酒,
> 唯觉登山步履迟。
> 书画萧萧余宿墨,
> 文章淡淡忆儿时。

也写书评也作序，

不开风气不为师。

假我十年闲粥饭，

未知留得几囊诗。

这需要加一点注解。

中国人的平均寿命比以前增高多了。我记得小时候看家里大人和亲戚，过了五十，就是"老太爷"了。我祖父六十岁生日，已经被称为"老寿星"。"人生七十古来稀"，现在七十岁不算稀奇了。不过七十总是个"坎儿"。不知从什么时候起，别人对我的称呼从"老汪"改成了"汪老"。我并无老大之感。但从去年下半年，我一想我再没有六十几了，不免有一点紧张。我并不太怕死，但是进入七十，总觉得去日苦多，是无可奈何的事。所幸者，身体还好。去年年底，还上了一趟武夷山。武夷山是低山，但总是山。我一度心肌缺氧，一般不登山。这次到了武夷绝顶天游，没有感到心脏有负担。看来我的身体比前几年还要好一些，再工作几年，问题不大。当然，上山比年轻人要慢一些。因此，去年下半年偶尔会有的紧张感消失了。

我的写字画画本是遣兴自娱而已，偶尔送一两件给熟朋友。后来求字求画者渐多。大概求索者以为这是作家的字画,不同于书家画家之作,悬之室中,别有情趣耳,其实,都是不足观的。我写字画画,不暇研墨,只用墨汁。写完画完,也不洗砚盘色碟,连笔也不涮。下次再写、再画,加一点墨汁。"宿墨"是记实。今年(1990)1月15日,画水仙金鱼,题了两句诗:

宜入新春未是春,

残笺宿墨隔年人。

这幅画的调子是灰的,一望而知用的是宿墨。用宿墨,只是懒,并非追求一种风格。

有一个文学批评用语我始终不懂是什么意思,叫做"淡化"。淡化主题、淡化人物、淡化情节,当然,最终是淡化政治。"淡化"总是不好的。我是被有些人划入淡化一类了的。我所不懂的是:淡化,是本来是浓的,不淡的,或应该是不淡的,硬把它化得淡了。我的作品确实是比较淡的,但它本来就是那样,并没有经过一个"化"的过程。我想了想,说我淡化,无非是说没有写重大题材,没有写性格复杂的英雄人物,没有写强烈的,富于戏剧性的矛盾冲突。但这是我的生活经历,我的文化素养,我的气质所决定的。我没有经历过太多的波澜壮阔的生活,没有见过咤叱风云的人物,你叫我怎么写?我写作,强调真实,大都有过亲身感受,我不能靠材料写作。我只能写我所熟悉的平平常常的人和事,或者如姜白石所说"世间小儿女"。我只能用平平常常的思想感情去了解他们,用平平常常的方法表现他们。这结果就是淡。但是"你不能改变我",我就是这样,谁也不能下命令叫我照另外一种样子去写。我想照你说的那样去写,也办不到。除非把我回一次炉,重新生活一次。我已经七十岁了,回炉怕是很难。前年《三月风》杂志发表我一篇随笔,请丁聪同志画了我一幅漫画头像,编辑部要我自己题几句话,题了四句诗:

近事模糊远事真,

双眸犹幸未全昏。

衰年变法谈何易,

唱罢莲花又一春。

《绣襦记》《教歌》两个叫花子唱的"莲花落"有句"一年春尽又是一年春",我很喜欢这句唱词。七十岁了,只能一年又一年，唱几句莲花落。

《七十书怀出律不改》，"出律"指诗的第五六两句失粘，并因此影响最后两句平仄也颠倒了。我写的律诗往往有这种情况，五六两句失粘。为什么不改？因为这是我要说的主要两句话，特别是第六句，所书之怀，也仅此耳。改了，原意即不妥帖。

我是赞成作家写评论的，也爱看作家所写的评论。说实在的，我觉得评论家所写的评论实在有点让人受不了。结果是作法自毙。写评论的差事有时会落到我的头上。我认为评论家最让人受不了的，是他们总是那样自信。他们像我写的小说《鸡鸭名家》里的陆长庚一样，一眼就看出这只鸭是几斤几两，这个作家该打几分。我觉得写评论是非常冒险的事：你就能看得那样准？我没有这样的自信。人到一定岁数，就有为人写序的义务。我近年写了一些序。去年年底就写了三篇，真成了写序专家。写序也很难，主要是分寸不好掌握，深了不是，浅了不是。像周作人写序那样，不着边际，是个办法。但是一，我没有那样大的学问；二，丝毫不涉及所序的作品，似乎有欠诚恳。因此，临笔踌躇，煞费脑筋。好像是法朗士说过："关于莎士比亚，我所说的只是我自己。"写书评、写序,实际上是写写书评、写序的人自己。借题发挥,拿别人来"说事",当然不太好,但是书评和序里总会流露出本人的观点,本人的文学主张。我不太希望我的观点、主张被了解,愿意和任何人保持一定的距离;但是自设屏障,拒人千里,把自己藏起来,完全不让人了解,似也不必。因此,"也写书评也作序"。

"不开风气不为师",是从龚定庵的诗里套出来的。龚定庵的原句是:"但开风气不为师"。龚定庵的诗貌似谦虚,实很狂傲。——龚定庵是谦虚的人么?但是龚定庵是有资格说这个话的。他确实是个"开风气"的。他的带有浓烈的民主色彩的个性解放思想撼动了一代人,他的宗法公羊家的奇崛矫矢的文体对于当时和后代都起了很大的影响。他的思想不成体系,不立门户,说是"不为师"倒也是对的。近四五年,有人说我是这个那个流派的始作俑者,这很出乎我的意外。我从来没有想到提倡什么,我绝无"来吾导乎先路也"的气魄,我只是"悄没声地"自己写一点东西而已。有一些青年作家受了我的影响,甚至有人有意地学我,这情况我是知道的。我要诚恳地对这些青年作家说:不要这样。第一,不要"学"任何人。第二,不要学我。我希望青年作家在起步的时候写得新一点，怪一点，朦胧一点，荒诞一点，狂妄一点，不要过早地归于平淡。三四十岁就写得很淡，那，到我这样的年龄，怕就什么也没有了。这个意思，我在几篇序文中都说到，是真话。

看相的说我能活九十岁，那太长了！不过我没有严重的器质性的病，再对付十年，大概还行。我不愿当什么"离休干部"，活着，就还得做一点事。我希望再出一本散文集，一本短篇小说集，把《聊斋新义》写完，如有可能，把酝酿已久的长篇历史小说《汉武帝》写出来。这样，就差不多了。

七十书怀，如此而已。

一九九〇年二月二十四日

注　释

① 本篇原载《现代作家》1990年第五期；初收《汪曾祺小品》，中国人民大学出版社，1992年10月。

多年父子成兄弟①

这是我父亲的一句名言。

父亲是个绝顶聪明的人。他是画家，会刻图章，画写意花卉。图章初宗浙派，中年后治汉印。他会摆弄各种乐器，弹琵琶，拉胡琴，笙箫管笛，无一不通。他认为乐器中最难的其实是胡琴，看起来简单，只有两根弦，但是变化很多，两手都要有功夫。他拉的是老派胡琴，弓子硬，松香滴得很厚——现在拉胡琴的松香都只滴了薄薄的一层。他的胡琴音色刚亮。胡琴码子都是他自己刻的，他认为买来的不中使。他养蟋蟀，养金铃子。他养过花。他养的一盆素心兰在我母亲病故那年死了，从此他就不再养花。我母亲死后，他亲手给她做了几箱子冥衣——我们那里有烧冥衣的风俗。按照母亲生前的喜好，选购了各种花素色纸作衣料，单夹皮棉，四时不缺。他做的皮衣能分得出小麦穗羊羔、灰鼠、狐肷。

父亲是个很随和的人，我很少见他发过脾气，对待子女，从无疾言厉色。他爱孩子，喜欢孩子，爱跟孩子玩，带着孩子玩。我的姑妈称他为"孩子头"。春天，不到清明，他领一群孩子到麦田里放风筝。放的是他自己糊的蜈蚣（我们那里叫"百脚"），是用染了色的绢糊的。放风筝的线是胡琴的老弦。老弦结实而轻，这样风筝可笔直的飞上去，没有"肚儿"。用胡琴弦放风筝，我还未见过第二人。清明节前，小麦还没有"起身"，是不怕践踏的，而且越踏会越长得旺。孩子们在屋里闷了一冬天，在春天的田野里奔跑跳跃，身心都极其畅快。他用钻石刀把玻璃裁成不同形状的小块，再一块一块逗拢，接缝处用胶水粘牢，做成小桥、小亭子、八角玲珑水晶球。桥、亭、球是中空的，里面养了金铃子。从外面可以看到金铃子在里面自在爬行，振翅鸣叫。他会做各种灯。用浅绿透明的"鱼鳞纸"扎了一只纺织娘，栩栩如生。用西洋红染了色，上深下浅，通草做花瓣，做了一个重瓣荷花灯，真是美极了。用小西瓜（这是拉秧的小瓜，因其小，不中吃，叫做"打瓜"或"笃瓜"）上开小口挖净瓜瓤，在瓜皮上雕镂出极细的花纹，做成西瓜灯。我们在这些灯里点了蜡烛，穿街过巷，邻居的孩子都跟过来看，非常羡慕。

父亲对我的学业是关心的，但不强求。我小时了了，国文成绩一直是全班第一。我的作文，时得佳评，他就拿出去到处给人看。我的数学不好，他也不责怪，只要能及格，就行了。他画画，我小时也喜欢画画，但他从不指点我。他画画时，我在旁边看。其余时间由我自己乱翻画谱，瞎抹。我对写意花卉那时还不太会欣赏，只是画一些鲜艳的大桃子，或者我从来没有见过的瀑布。我小时字写得不错，他倒是给我出过一点主意。在我写过一阵"圭峰碑"和"多宝塔"以后，他建议我写写"张猛龙"。这建议是很好的，到现在我写的字还有"张猛龙"的影响。我初中时爱唱戏，唱青衣，我的嗓子很好，高亮甜润。在家里，他拉胡琴，我唱。我的同学有几个能唱戏的。学校开同乐会，他应我的邀请，到学校去伴奏。几个同学都只是清唱。有一个姓费的同学借到一顶纱帽，一件蓝官衣，扮起来唱《硃砂井》，但是没有配角，没有衙役，没有犯人，只是一个赵廉，摇着马鞭在台上走了两圈，唱了一段"郿坞县在马上心神不定"，便完事下场。父亲那么大的人陪着几个孩子玩了一下午，还挺高兴。我十七岁初恋，暑假里，在家写情书，他在一旁瞎出主意！我十几岁就学会了抽烟喝酒。他喝酒，给我也倒一杯。抽烟，一次抽出两根，他一根，我一根。他还总是先给我点上火。我们的这种关系，他人或以为怪。父亲说："我们是多年父子成兄弟。"

我和儿子的关系也是不错的。我戴了"右派分子"的帽子下放张家口农村劳动，他那时还从幼儿园刚毕业，刚刚学会汉语拼音，用汉语拼音给我写了第一封信。我也只好赶紧学会汉语拼音，好给他写回信。"文化大革命"期间，我被打成"黑帮"，关进"牛棚"。偶尔回家，孩子们对我还是很亲热。我的老伴告诫他们"你们要和爸爸'划清界限'"，儿子反问母亲："那你怎么还给他打酒？"只有一件事，两代之间，曾有分歧。他下放山西忻县"插队落户"。按规定，春节可以回京探亲，我们等着他回来。不料他同时带回了一个同学。他的这个同学的父亲是一位正受林彪迫害，搞得人囚家破的空军将领。这个同学在北京已经没有家，按照大队的规定是不能回北京的，但是这孩子很想回北京，在一伙同学的秘密帮助下，我的儿子就偷偷地把他带回来了。他连"临时户口"也不能上，是个"黑人"，我们留他在家住，等于"窝藏"了他。公安局随时可以来查户口，街道办事处的大妈也可能举报。当时人人自危，自顾不暇，儿子惹了这么一个麻烦，使我们非常为难。我和老伴把他叫到我们的卧室，对他的冒失行为表示很不满。我责备他："怎么事前也不和我们商量一下！"我的儿子哭了，哭得很委屈，很伤心。我们当时立刻明白了：他是对的，我们是错的。我们这种怕担干系的思想是庸俗的，我们对儿子和同学之间义气缺乏理解，对他的感情不够尊重。他的同学在我们家一直住了四十多天，才离去。

对儿子的几次恋爱，我采取的态度是"闻而不问"。了解，但不干涉。我们相信他自己的选择，他的决定。最后，他悄悄和一个小学时期女同学好上了，结了婚。有了一个女儿，已近七岁。

我的孩子有时叫我"爸"，有时叫我"老头子！"连我的孙女也跟着叫。我的亲家母说这孩子"没大没小"。我觉得一个现代的，充满人情味的家庭，首先必须做到"没大没小"。父母叫人敬畏，儿女"笔管条直"，最没有意思。

儿女是属于他们自己的。他们的现在，和他们的未来，都应由他们自己来设计。一个想用自己理想的模式塑造自己的孩子的父亲是愚蠢的,而且,可恶!另外,作为一个父亲,应该尽量保持一点童心。

一九九〇年九月一日

注　释

① 　本篇原载《福建文学》1991 年第一期;初收《汪曾祺小品》,中国人民大学出版社,1992 年 10 月。

随遇而安[①]

我当了一回右派,真是三生有幸。要不然我这一生就更加平淡了。

我不是1957年打成右派的,是1958年"补课"补上的,因为本系统指标不够。划右派还要有"指标",这也有点奇怪。这指标不知是一个什么人所规定的。

1957年我曾经因为一些言论而受到批判,那是作为思想问题来批判的。在小范围内开了几次会,发言都比较温和,有的甚至可以说很亲切。事后我还是照样编刊物,主持编辑部的日常工作,还随单位的领导和几个同志到河南林县调查过一次民歌。那次出差,给我买了一张软席卧铺车票,我才知道我已经享受"高干"待遇了。第一次坐软卧,心里很不安。我们在洛阳吃了黄河鲤鱼,随即到林县的红旗渠看了两、三天。凿通了太行山，把漳河水引到河南来，水在山腰的石渠中活活地流着，很叫人感动。收集了不少民歌。有的民歌很有农民式的浪漫主义的想象，如想到将来渠里可以有"水猪"、"水羊"，想到将来少男少女都会长得很漂亮。上了一次中岳嵩山。这里运载石料的交通工具主要是用人力拉的排子车，特别处是在车上装了一面帆，布帆受风，拉起来轻快得多。帆本是船上用的，这里却施之陆行的板车上，给我十分新鲜的印象。我们去的时候正是桐花盛开的季节，漫山遍野摇曳着淡紫色的繁花，如同梦境。从林县出来，有一条小河。河的一面是峭壁，一面是平野，岸边密植杨柳，河水清澈，沁人心脾。我好像曾经见过这条河，以后还会看到这样的河。这次旅行很愉快，我和同志们也相处得很融洽，没有一点隔阂，一点别扭。这次批判没有使我觉得受了伤害，没有留下阴影。

1958年夏天，一天（我这人很糊涂，不记日记，许多事都记不准时间），我照常去上班，一上楼梯，过道里贴满了围攻我的大字报。要拔掉编辑部的"白旗"，措辞很激烈，已经出现"右派"字样。我顿时傻了。运动，都是这样：突然袭击。其实背后已经策划了一些日子，开了几次会，作了充分的准备，只是本人还蒙在鼓里，什么也不知道。这可以说是暗算。但愿这种暗算以后少来，这实在是很伤人的。如果当时量一量血压，一定会猛然增高。我是有实际数据的。"文化大革命"中我一天早上看到一批侮辱性的大字报，到医务所量了量血压，低压110，高压170。平常我的血压是相当平稳正常的，90—130。我觉得卫生部应该发一个文件：为了保障人民的健康，不要再搞突然袭击式的政治运动。

开了不知多少次批判会。所有的同志都发了言。不发言是不行的。我规规矩矩地听着，记录下这些发言。这些发言我已经完全都忘了，便是当时也没有记住，因为我觉得这好像不是说的我，是说的另外一个别的人，或者是一个根本不存在的，假设的，虚空的对象。有两个发言我还留下印象。我为一组义和团故事写过一篇读后感，题目是《仇恨·轻蔑·自豪》。这位同志说："你对谁仇恨？轻蔑谁？自豪什么？"我发表过一组极短的诗，其中有一首《早春》，原文如下：

　　（新绿是朦胧的，飘浮在树杪，完全不像是叶子……）

远树的绿色的呼吸。

批判的同志说：连呼吸都是绿的了，你把我们的社会主义社会污蔑到了什么程度?! 听到这样的批判，我只有停笔不记，愣在那里。我想辩解两句，行么？当时我想：鲁迅曾说费厄泼赖应该缓行，现在本来应该到了可行的时候，但还是不行。中国大概永远没有费厄的时候。所谓"大辩论"，其实是"大辩认"，他辩你认。稍微辩解，便是"态度问题"。态度好，问题可以减轻；态度不好，加重。问题是问题，态度是态度，问题大小是客观存在，怎么能因为态度如何而膨大或收缩呢？许多错案都是因为本人为了态度好而屈认，而造成的。假如再有运动（阿弥陀佛，但愿真的不再有了），对实事求是、据理力争的同志应予表扬。

开了多次会，批判的同志实在没有多少可说的了。那两位批判"仇恨·轻蔑·自豪"和"绿色的呼吸"的同志当然也知道这样的批判是不能成立的。批判"绿色的呼吸"的同志本人是诗人，他当然知道诗是不能这样引申解释的。他们也是没话找话说，不得已。我因此觉得开批判会对被批判者是过关，对批判者也是过关。他们也并不好受。因此，我当时就对他们没有怨恨，甚至还有点同情。我们以前是朋友，以后的关系也不错。我记下这两个例子，只是说明批判是一出荒诞戏剧，如莎士比亚说，所有的上场的人都只是角色。

我在一篇写右派的小说里写过："写了无数次检查，听了无数次批判，……她不再觉得痛苦，只是非常的疲倦。她想：定一个什么罪名，给一个什么处分都行，只求快一点，快一点过去，不要再开会，不要再写检查。"这是我的亲身体会。其实，问题只是那一些，只要写一次检查，开一次会，甚至一次会不开，就可以定案。但是不，非得开够了"数"不可。原来运动是一种疲劳战术，非得把人搞得极度疲劳，身心交瘁，丧失一切意志，瘫软在地上不可。我写了多次检查，一次比一次更没有内容，更不深刻，但是我知道，就要收场了，因为大家都累了。

结论下来了：定为一般右派，下放农村劳动。

我当时的心情是很复杂的。我在那篇写右派的小说里写道："……她带着一种奇怪的微笑。"我那天回到家里，见到爱人说，"定成右派了"，脸上就是带着这种奇怪的微笑的。我也不知道我为什么要笑。

我想起金圣叹。金圣叹在临刑前给人写信,说"杀头,至痛也,而圣叹于无意中得之,亦奇"。有人说这不可靠。金圣叹给儿子的信中说:"字谕大儿知悉,花生米与豆腐干同嚼,有火腿滋味",有人说这更不可靠。我以前也不大相信,临刑之前,怎能开这种玩笑?现在,我相信这是真实的。人到极其无可奈何的时候,往往会生出这种比悲号更为沉痛的滑稽感,鲁迅说金圣叹"化屠夫的凶残为一笑",鲁迅没有被杀过头,也没有当过右派,他没有这种体验。

另一方面,我又是真心实意地认为我是犯了错误,是有罪的,是需要改造的。我下放劳动的地点是张家口沙岭子。离家前我爱人单位正在搞军事化,受军事训练,她不能请假回来送我。我留了一个条子:"等我五年。等我改造好了回来。"就背起行李,上了火车。

右派的遭遇各不相同,有幸有不幸。我这个右派算是很幸运的,没有受多少罪。我下放的单位是一个地区性的农业科学研究所。所里有不少技师、技术员,所领导对知识分子是了解的,只是在干部和农业工人(也就是农民)的组长一级介绍了我们的情况(和我同时下放到这里的还有另外几个人),并没有在全体职工面前宣布我们的问题。不少农业工人不知道我们是来干什么的,只说是毛主席叫我们下来锻炼锻炼的。因此,我们并未受到歧视。

初干农活,当然很累。像起猪圈、刨冻粪这样的重活,真够一呛。我这才知道"劳动是沉重的负担"这句话的意义。但还是咬着牙挺过来了。我当时想:只要我下一步不倒下来,死掉,我就得拚命地干。大部分的农活我都干过,力气也增长了,能够扛170斤重的一麻袋粮食稳稳地走上和地面成45度角那样陡的高跳。后来相对固定在果园上班。果园的活比较轻松,也比"大田"有意思。最常干的活是给果树喷波尔多液。硫酸铜加石灰,兑上适量的水,便是波尔多液,颜色浅蓝如晴空,很好看。喷波尔多液是为了防治果树病害,是常年要喷的。喷波尔多液是个细致活。不能喷得太少,太少了不起作用;不能太多,太多了果树叶子挂不住,流了。叶面、叶背都得喷到。许多工人没这个耐心,于是喷波尔多液的工作大部分落在我的头上,我成了喷波尔多液的能手。喷波尔多液次数多了,我的几件白衬衫都变成了浅蓝色。

我们和农业工人干活在一起,吃住在一起。晚上被窝挨着被窝睡在一铺大炕上。农业工人在枕头上和我说了一些心里话，没有顾忌。我这才比较切近地观察了农民，比较知道中国的农村，中国的农民是怎么一回事。这对我确立以后的生活态度和写作态度是很有好处的。

我们在下面也有文娱活动。这里兴唱山西梆子（中路梆子），工人里不少都会唱两句。我去给他们化妆。原来唱旦角的都是用粉妆，——鹅蛋粉、胭脂，黑锅烟子描眉。我改成用戏剧油彩，这比粉妆要漂亮得多。我勾的脸谱比张家口专业剧团的"黑"（山西梆子谓花脸为"黑"）还要干净讲究。遇春节，沙岭子堡（镇）闹社火，几个年轻的女工要去跑旱船，我用油底浅妆把她们一个个打扮得如花似玉，轰动一堡，几个女工高兴得不得了。我们和几个职工还合演过戏，我记得演过的有小歌剧《三月三》、崔嵬的独幕话剧《十六条枪》。一年除夕，在"堡"里演话剧，海报上特别标出一行字：

　　台上有布景

这里的老乡还没有见过个布景。这布景是我们指导着一个木工做的。演完戏，我还要赶火车回北京。我连妆都没卸干净，就上了车。

1959年底给我们几个人作鉴定，参加的有工人组长和部分干部。工人组长一致认为：老汪干活不藏奸，和群众关系好，"人性"不错，可以摘掉右派帽子。所领导考虑，才下来一年，太快了，再等一年吧。这样，我就在1960年在交了一个思想总结后，经所领导宣布：摘掉右派帽子，结束劳动。暂时无接受单位，在本所协助工作。

我的"工作"主要是画画。我参加过地区农展会的美术工作（我用多种土农药在展览牌上粘贴出一幅很大的松鹤图，色调古雅，这里的美术中专的一位教员曾特别带着学生来观摩）；我在所里布置过"超声波展览馆"（"超声波"怎样用图像表现？声波是看不见的，没有办法，我就画了农林牧副渔多种产品，上面一律用圆规蘸白粉画了一圈又一圈同心圆）。我的"巨著"，是画了一套《中国马铃薯图谱》。这是所里给我的任务。

这个所有一个下属单位"马铃薯研究站"，设在沽源。为什么设在沽源？沽源在坝上，是高寒地区（有一年下大雪，沽源西门外的积雪跟城墙一般高）。马铃薯本是高寒地带的作物。马铃薯在南方种几年，就会退化，需要到坝上调种。沽源是供应全国薯种的基地，研究站设在这里，理所当然。这里集中了全国各地、各个品种的马铃薯，不下百来种。我在张家口买了纸、颜色、笔，带了在沙岭子新华书店买得的《癸巳类稿》、《十驾斋养新录》和两册《容斋随笔》（沙岭子新华书店进了这几种书也很奇怪，如果不是我买，大概永远也卖不出去），就坐长途汽车，奔向沽源。其时在8月下旬。

我在马铃薯研究站画《图谱》，真是神仙过的日子。没有领导，不用开会，就我一个人，自己管自己。这时正是马铃薯开花，我每天趁着露水，到试验田里摘几丛花，插在玻璃杯里，对着花描画。我曾经给北京的朋友写过一首长诗，叙述我的生活。全诗已忘，只记得两句：

坐对一丛花，

眸子炯如虎。

下午，画马铃薯的叶子。天渐渐凉了，马铃薯陆续成熟，就开始画薯块。画一个整薯，还要切开来画一个剖面。一块马铃薯画完了，薯块就再无用处，我于是随手埋进牛粪火里，烤烤，吃掉。我敢说，像我一样吃过那么多品种的马铃薯的，全国盖无第二人。

沽源是绝塞孤城。这本来是一个军台。清代制度，大臣犯罪，往往由帝皇批示"发往军台效力"，这处分比充军要轻一些（名曰"效力"，实际上大臣自己并不去，只是闲住在张家口，花钱雇一个人去军台充数）。我于是在《容斋随笔》的扉页上，用朱笔画了一方图章，文曰：

效力军台

白天画画，晚上就看我带去的几本书。

1962年初，我调回北京，在北京京剧团担任编剧，直至离休。

摘掉右派分子帽子，不等于不是右派了。"文革"期间，有人来外调，我写了一个旁证材料。人事科的同志在材料上加了批注：

该人是摘帽右派，所提供情况，仅供参考。

我对"摘帽右派"很反感，对"该人"也很反感。"该人"跟"该犯"差不了多少。我不知道我们的人事干部从什么地方学来的这种带封建意味的称谓。

"文化大革命"，我是本单位第一批被揪出来的，因为有"前科"。

"文革"期间给我贴的大字报,标题是:

老右派,新表演

我搞了一些时期"样板戏",江青似乎很赏识我,但是忽然有一天宣布:"汪曾祺可以控制使用。"这主要当然是因为我曾是右派。在"控制使用"的压力下搞创作,那滋味可想而知。

一直到1979年给全国绝大多数右派分子平反,我才算跟右派的影子告别。我到原单位去交材料,并向经办我的专案的同志道谢:"为了我的问题的平反,你们做了很多工作,麻烦你们了,谢谢!"那几位同志说:"别说这些了吧!二十年了!"

有人问我:"这些年你是怎么过来的?"他们大概觉得我的精神状态不错,有些奇怪,想了解我是凭仗什么力量支持过来的。我回答:

"随遇而安。"

丁玲同志曾说她从被划为右派到到北大荒劳动,是"逆来顺受"。我觉得这太苦涩了,"随遇而安",更轻松一些。

"遇",当然是不顺的境遇,"安",也是不得已。不"安",又怎么着呢?既已如此,何不想开些。如北京人所说:"哄自己玩儿。"当然,也不完全是哄自己。生活,是很好玩的。

随遇而安不是一种好的心态,这对民族的亲和力和凝聚力是会产生消极作用的。这种心态的产生,有历史的原因(如受老庄思想的影响),本人气质的原因(我就不是具有抗争性格的人),但是更重要的是客观,是"遇",是环境的,生活的,尤其是政治环境的原因。中国的知识分子是善良的。曾被打成右派的那一代人,除了已经死掉的,大多数都还在努力地工作。他们的工作的动力,一是要实证自己的价值。人活着,总得做一点事。二是对生我养我的故国未免有情。但是,要恢复对在上者的信任,甚至轻信,恢复年青时的天真的热情,恐怕是很难了。他们对世事看淡了,看透了,对现实多多少少是疏离的。受过伤的心总是有瘭的。人的心,是脆的。

这是没有办法的事。

为政临民者,可不慎乎。

一九九一年一月三十一日

注　释

① 本篇原载《收获》1991年第二期；初收《汪曾祺小品》，中国人民大学出版社，1992年10月。

觅我游踪五十年①

将去云南,临走前的晚上,写了三首旧体诗。怕到了那里,有朋友叫写字,临时想不出合适的词句。1987年去云南,一路写了不少字,平地抠饼,现想词儿,深以为苦。其中一首是:

羁旅天南久未还,故乡无此好湖山。

长堤柳色浓如许,觅我游踪五十年。

我在西南联大读书时,曾两度租了房子住在校外。一度在若园巷二号,一度在民强巷五号一位姓王的老先生家的东屋。民强巷五号的大门上刻着一副对联:

圣代即今多雨露

故乡无此好湖山

我每天进出，都要看到这副对子。印象很深。这副对联是集句。上联我到现在还没有查到出处，意思我也不喜欢。我们在昆明的时候，算什么"圣代"呢！下联是苏东坡的诗。王老先生原籍大概不是昆明，这里只是他的寓庐。他在门上刻了这样的对联，是借前人旧句，抒自己情怀。我在昆明呆了七年。除了高邮、北京，在这里的时间最长，按居留次序说，昆明是我的第二故乡。少年羁旅，想走也走不开，并不真的是因为留恋湖山，写诗（应是偷诗）时不得不那样说而已。但是，昆明的湖山是很可留恋的。

我在民强巷时的生活，真是落拓到了极点。一贫如洗。我们交给房东的房租只是象征性的一点，而且常常拖欠。昆明有些人家也真是怪，愿意把闲房租给穷大学生住，不计较房租。这似乎是出于对知识的怜惜心理。白天，无所事事，看书，或者搬一个小板凳，坐在廊檐下胡思乱想。有时看到庭前寂然的海棠树有一小枝轻轻地弹动，知道是一只小鸟离枝飞去了。或是无目的地到处游逛，联大的学生称这种游逛为Wandering。晚上，写作，记录一些印象、感觉、思绪，片片段段，近似A·纪德的《地粮》。毛笔，用晋人小楷，写在自己订成的一个很大的白绵纸本子上。这种习作是不准备发表的,也没有地方发表。不停地抽烟,扔得满地都是烟蒂。有时烟抽完了,就在地下找找,拣起较长的烟蒂,点了火再抽两口。睡得很晚。没有床,我就睡在一个高高的条几上,这条几也就是一尺多宽。被窝的里面都已不知去向,只剩下一条棉絮。我无论冬夏,都是拥絮而眠。条几临窗,窗外是隔壁邻居的鸭圈,每天都到这些鸭子呷呷叫起来,天已薄亮时,才睡。有时没钱吃饭,就坚卧不起,同学朱德熙见我到十一点多钟还没有露面,——我每天都要到他那里聊一会的,就夹了一本字典来,叫:"起来,去吃饭!"把字典卖掉,吃了饭,Wandering,或到"英国花园"(英国领事馆的花园)的草地上躺着,看天上的云,说一些"没有两片树叶长在一个空间"之类的虚无飘缈的胡话。

有一次替一个小报约稿,去看闻一多先生,闻先生看了我的颓废的精神状态,把我痛斥了一顿。我对他的参与政治活动也不以为然,直率地提出了意见。回来后,我给他写了一封短信,说他对我俯冲了一通。闻先生回信说:"你也对我高射了一通。今天晚上你不要出去,我来看你。"当天,闻先生来看了我。他那天说了什么,我已经不记得了。看了我,他就去闻家驷先生家了,——闻家驷先生也住在民强巷。闻先生是很喜欢我的。

若园巷二号的房东是一个上了年纪的寡妇,她没有儿女,只和一个又像养女又像使女的女孩子同住楼下的正屋,其余两进房屋都租给联大学生。我和王道乾同住一屋,他当时正在读蓝波的诗,写波特莱尔式的小散文,用粉笔到处画普希金的侧面头像,把宝珠梨切成小块用线穿成一串喂养果蝇。后来到了法国,在法国入了党,成了专译马克思主义文艺理论的翻译家。他的转折,我一直不了解。若园巷的房客还有何炳棣、吴讷孙,他们现在都在美国,是美籍华人了,一个是历史学家,一个是美学和美术史专家。有一年春节,吴讷孙写了一副春联,贴在大门上:

人斗南唐金叶子

街飞北宋闹蛾儿

这副对联很有点富贵气,字也写得很好。闹蛾儿自然是没有的,昆明过年也只是放鞭炮。"金叶子"是指扑克牌。联大师生打桥牌成风,这位 Nelson 先生就是一个桥牌迷。吴讷孙写了一本反映联大生活的长篇小说《未央歌》,在台湾多次再版。1987年我在美国见到他,他送了我一本。

若园巷二号院里有一棵很大的缅桂花（即白兰花）树，枝叶繁茂，坐在屋里，人面一绿。花时，香出巷外。房东老太太隔两三天就搭了短梯，叫那个女孩子爬上去，摘下很多半开的花苞，裹在绿叶里，拿到花市上去卖。她怕我们乱摘她的花，就主动用白磁盘码了一盘花，洒一点清水，给各屋送去。这些缅桂花，我们大都转送了出去。曾给萧珊、王树藏送了两次。今萧珊、树藏都已去世多年，思之怅怅。

我们这次到昆明，当天就要到玉溪去，哪里也顾不上去看看，只和冯牧陪凌力去找了找逼死坡。路，我还认得，从青莲街上去，拐个弯就到。1939年，我到昆明考大学，在青莲街的同济大学附中寄住过。青莲街是一个相当陡的坡，原来铺的是麻石板；急雨时雨水从五华山奔泻而下，经陡坡注入翠湖，水流石上，哗哗作响，很有气势。现在改成了沥青路面。昆明城里再找一条麻石板路，大概没有了。逼死坡还是那样。路边立有一碑："明永历帝殉国处"，我记得以前是没有的，大概是后来立的。凌力将写南明历史，自然要来看看遗迹。我无感触，只想起坡下原来有一家铺子卖核桃糖，装在一个玻璃匣子里，很好吃，也很便宜。

我们一行的目标是滇西，原以为回昆明后可以到处走走,不想到了玉溪第二天就崴了脚,脚上敷了草药,缠了绷带,拄杖跛行了瑞丽、芒市、保山等地,人很累了。脚伤未愈,来访客人又多,懒得行动。翠湖近在咫尺,也没有进去,只在宾馆门前,眺望了几回。

即目可见的景物,一是湖中的多孔石桥,一是近西岸的圆圆的小岛。

这座桥架在纵贯翠湖的通路上,是我们往来市区必经的。我在昆明七年,在这座桥上走过多少次,真是无法计算了。我记得这条通路的两侧原来是有很高大的柳树的。人行路上,柳条拂肩,溶溶柳色,似乎透入体内。我诗中所说"长堤柳色浓如许",主要即指的是这条通路上的垂柳。柳树是有的,但是似乎颇矮小,也稀疏,想来是重栽的了。

那座圆形的小岛,实是个半岛,对面是有小径通到陆上的。我曾在一个月夜和两个女同学到岛上去玩。岛上别无景点,平常极少游客,夜间更是阒无一人,十分安静。不料幽赏未已,来了一队警备司令部的巡逻兵,一个班长,把我们骂了一顿:"半夜三更,你们到这点来整哪样?你们呐校长,就是这样教育你们呐!"语气非常粗野。这不但是煞风景,而且身为男子,受到这样的侮辱,却还不出一句话来,实在是窝囊。我送她们回南院（女生宿舍），一路沉默。这两个女同学现在大概都已经当了祖母，她们大概已经不记得那晚上的事了。隔岸看小岛，杂树蓊郁，还似当年。

本想陪凌力去看看莲花池，传说这是陈圆圆自沉的地方。凌力要到图书馆去抄资料，听说莲花池已经没有水（一说有水，但很小），我就没有单独去的兴致。

《滇池》编辑部的三位同志来看我，再三问我想到哪里看看，我说脚疼，哪里也不想去。他们最后建议：有一个花鸟市场，不远，乘车去，一会就到，去看看。盛情难却，去了。看了出售的花、鸟、猫、松鼠、小猴子、新旧银器……我问："这条街原来是什么街？"——"甬道街"。甬道街！我太熟了！我告诉他们，这里原来有一家馆子，鸡㙡做得很好，昆明人想吃鸡㙡，都上这家来。这家饭馆还有个特点，用大锅熬了一锅苦菜汤，苦菜汤是不收钱的，可以用大碗自己去舀。现在已经看不出痕迹了。

甬道街的隔壁，是文明街，过去都叫"文明新街"。一眼就看出来，两边的店铺都是两层楼木结构，楼上临街是栏杆，里面是隔扇。这些房子竟还没有坏！文明新街是卖旧货的地方。街两边都是旧货摊。一到晚上，点了电石灯，满街都是电石臭气。什么旧货都有，玛瑙翡翠、铜佛瓷瓶、破铜烂铁。沿街流览，蹲下来挑选问价，也是个乐趣。我们有个同班的四川同学，姓李，家里寄来一件棉袍，他从邮局取出来，拆开包裹线，到了文明街，把棉袍搭在胳臂上："哪个要这件棉袍！"当时就卖掉了，伙同几个同学，吃喝了一顿。街右有几家旧书店，收售中外古今旧书。联大学生常来光顾，买书，也卖书。最吃香的是工具书。有一个同学，发现一家旧书店收购《辞源》的收价，比订价要高不少。出街口往西不远，就是商务印书馆。这位老兄于是到商务印书馆以原价买出一套崭新的《辞源》，拿到旧书店卖掉。文明街有三家磁器店，都是桐城人开的。昆明的操磁器业者多为桐城帮。朱德熙的丈人家所开的磁器店即在街的南头。德熙婚后，我常随他到他丈人家去玩，和孔敬（德熙的夫人）到后面仓库里去挑好玩的小酒壶、小花瓶。桐城人请客，每个菜都带汤，谓之"水碗"，桐城人说："我们吃菜，就是这样汤汤水水的。"美国在广岛扔了原子弹后，一天，有两个美国兵来买磁器，德熙伏在柜台上和他们谈了一会。这两个美国兵一定很奇怪：磁器店怎么会有一个能说英语的伙计，而且还懂原子物理！

过文明街为文庙西街，再西，即为正义路。这条路我走过多次，现在也还认得出来。

我十九岁到昆明，今年七十一岁，说游踪五十年，是不错的。但我这次并没有去寻觅。朋友建议我到民强巷和若园巷看看，已经到了跟前，不知道为什么，我不怎么想去。

昆明我还是要来的！昆明是可依恋的。当然，可依恋的不止是五十年前的旧迹。

记住：下次再到云南，不要崴脚！

（一九九一年五月十一日，北京）

注　释

①　本篇原载《女声》1991 年第八期；初收《旅食集》，广东旅游出版社，1992 年 4 月。

烟　　赋[①]

中国人抽烟,大概开始于明朝,是从外国传入的。从前的中国书里称烟草为淡巴菰,是 Tobacco 的译音。我年轻时,上海人还把雪茄叫做"吕宋"。吸烟成风,盖在清代。现存的几种烟草谱,都是清人的著作。纪晓岚就是"嗜食淡巴菰"的。我的高中国文老师史先生说,纪晓岚总纂《四库全书》时,叫人把书页平摊在一个长案上,他一边吸烟,一边校读,围着大案走一圈,一篇《〈四库全书〉总目提要》就出来了。这可能是传闻,但乾隆年间,抽烟的人已经颇多,是可以肯定的。

小说《异秉》里的张汉轩说,烟有五种:水、旱、鼻、雅、潮。雅(鸦片)不是烟草所制,潮州烟其实也是旱烟之一种,中国人以前抽的烟实只有旱烟、水烟两大类。旱烟，南方多切成丝，北方则是揉碎了，都是用烟袋，摁在烟锅里抽的。北方人把烟叶都称为关东烟。关东烟里的上品是蛟河烟。这是贡品。据说西太后抽的即是蛟河烟。真正的蛟河烟只产在那么一两亩地里。我在吉林抽过真蛟河烟，名不虚传！其次则"亚布力"也还可以，这是从苏联引进的品种。河北省过去种"易县小叶"。旱烟袋，讲求白铜锅、乌木杆、翡翠嘴。烟袋有极长的。南方老太太用的烟袋，银嘴五寸，乌木杆长至八尺，抽烟时得由别人点火，自己是够不着的。有极短的，可以插在靴子里，称为"京八寸"。这种烟袋亦称骚胡子烟袋，说是公公抽烟，叫儿媳妇点火，瞅着没人看见，可以乘机摸一下儿媳妇的手。潮州的烟袋是用竹根做的，在一头挖一窟窿，嵌一小铜胎，以装烟，不另安锅。我1950年在江西土改，那里的农民抽的就是这种烟，谓之"吃黄烟"。山西、内蒙人用羊腿骨做烟袋。抽这种烟得点一盏烟灯，因为一次只装很小的一撮烟，抽一口就把烟灰吹掉，叫做"一口香"，要不停地点火。云、贵、川抽叶子烟，烟叶剪成二寸许长，裹成小指粗细的烟支，可以说是自制小雪茄，但多数是插在烟锅里抽，也可算是旱烟类。我在鄂温克族地区抽过达斡尔人用香蒿子窨制的烟，一层烟叶,一层香蒿子,阴干,烟味极佳。是用纸卷了抽的。广东的"生切"也是用纸卷了抽的。新疆的"莫合烟",即苏联翻译小说里常常见到的"马霍烟",也是用纸卷了抽的。莫合烟是用烟梗磨碎制成的,不用烟叶。抽水烟应该是最卫生的,烟从水里滤过,有害物质减少了。但抽水烟很麻烦,每天涮水烟袋就很费事。水烟袋要保持洁净,抽起来才香。我有个远房舅舅,到人家作客,都由他的车夫一次带了五支水烟袋,换着抽,此人真是个会享福的人!水烟的烟丝极细,叫做"皮丝",出在甘肃的兰州和福建的福州,一在西北,一在东南,制法质量也极相似,奇怪!云南人抽水烟筒,那得会抽,否则噘不出烟来。若论过瘾,应当首推水烟筒。旱烟、水烟,吸时都要在口腔内打一回旋,烟筒的烟则是直灌入肺,毫无缓冲。

卷烟,或称纸烟,北京人叫做烟卷儿,上海一带人叫做香烟。也有少数地方叫做洋烟的。早年的东北评剧《雷雨》里的四凤夸赞周萍的唱词道:"穿西服,抽洋烟,梳的本是那个偏分。"可以为证。大概在东北人眼中这些都是很时髦的。东北是"十八岁的大姑娘叼着大烟袋"的地方,卷烟曾经是稀罕东西。现在卷烟已经通行全国。抽旱烟的还有，大都是上了年纪的人，但也相对地减少了。抽水烟的就更少了，白铜镂花的水烟袋已经成为古玩，年轻人都不知道这玩意是干什么用的了。说卷烟是洋烟，是有道理的。因为它本是从外国（主要是英国）输入的。上海一带流行的上等烟茄立克、白炮台、555……销行最广的中等烟红锡包（北方叫小粉包）、老刀牌（北方叫强盗牌）都是英国货。世界上的烟卷原分两大系。一类是海洋型，英国烟为其代表。英国烟的烟丝很细，有些烟如白炮台的烟盒上标明是 NAVY CUT，大概和海军有点关系。一类是大陆型，典型的代表是埃及烟、法国烟、苏联的白海牌（东北人叫它"大白杆"），以及阿尔巴尼亚等烟属之。抽大陆型烟的人数不多。现在卷烟分为两大派系，一类是烤烟型，即英国烟型；一类是混合型，是一半海洋型、一半大陆型的烟丝的混合，美国烟大都是混合型。英国型的烟烟丝金黄，比较柔和，有烟草的自然的香味，比较为中国人所喜欢。

后来有外商和华侨在中国设厂制烟，比较重要的是英美烟草有限公司和南洋兄弟烟草公司。大前门为南洋兄弟烟草公司所出，美丽牌好像就是英美烟草有限公司出的。也有较小的厂出烟,大联珠、紫金山……大概是本国的烟厂所出。

我到昆明后抽过很多种杂牌烟。有一种烟叫仙岛牌,不记得是什么地方出的,烟味极好,是英国烤烟型,价钱也不贵。后来就再不见了,可能是因为日本兵占领了越南,滇越铁路一断,没有来源了。有一种烟,叫"白姑娘",硬盒扁支的,烟味很冲。有一种从湖南来的烟,抽起来有牙粉味。最便宜的烟是鹦鹉牌,十支装,呛得不得了,不知是什么树叶或草叶做的,肯定不是烟叶!

从陈纳德的飞虎队至美国空军到昆明后,昆明市面上到处是美国烟,多是从美国军用物资仓库中流出的。骆驼牌、老金、LUCKY STRIKE CHESTERFIELD、PHILIPMORRIS……一时抽美国烟的人很多,因为并不太贵。

云南烟业的兴起盖在四十年代初。那里的农业专家和实业家,经过研究,认为云南土壤、气候适于种烟,于是引进美国弗吉尼亚的大金叶,试种成功。随即建厂生产卷烟。所出的牌子有两种:重九和七七。重九当时算是高档烟,这个牌子沿用至今。七七是中档烟,后来不生产了。

五十年代后,云南制烟业得到很大发展,云南烟的质量得到全国公认,把许多省市的卷烟都甩到后面去了。云南卷烟的三大名牌：云烟牌、红山茶、红塔山。最近几年，红塔山的声誉日隆，俨然夺得云南名烟的首席（红山茶似已不再生产）。说是已经是国产烟的第一，也不为过分。时间并不长，为什么会发生这样大的变化？

借中华文学基金会、中国作协创联部和《中国作家》联合举办的"红塔山笔会"的机缘，我们到玉溪卷烟厂作了几天客，饱抽"红塔山"，解开了这个谜。

对于抽烟，我可以说是个内行。

打开烟盒，抽出一支，用手指摸一摸，即可知道工艺水平如何。要松紧合度。既不是紧得吸不动，也不是松得跺一跺就空了半截。没有挺硬的烟梗，抽起来不会"放炮"，溅出火星，烧破衣裤。

放在鼻子底下闻一闻，就知道是什么香型。若是烤烟型，即应有微甜略酸的自然烟香。

最重要的当然就是入口、经喉、进肺的感觉。抽烟，一要过瘾，二要绵软。这本来是一对矛盾，但是配方得当，却可以兼顾。如果要对卷烟加以评品，我于"红塔山"得一字，曰："醇"。

这是好烟。

红塔山得天时、地利、人和。

玉溪的经纬度和美国的弗吉尼亚相似,土质也相似,适宜烟叶生长。玉溪的日照时间比弗吉尼亚还要略长一点,因此烟叶质量有可能超过弗吉尼亚。玉溪地处滇中,气候温和,夏无酷暑,冬无严寒,雨量充足。空气的湿度天然利于烟叶的存放,不需要另作干湿调节的设施。更重要的是,玉溪卷烟厂有一个以厂长褚时健为核心的志同道合、协调一致、互相默契的领导班子。

褚厂长是个人物。面色深黑,双目有神,年过六十,精力充沛,说话是男中音,底气很足。他接受采访时从从容容,有条有理,语言表达得准确、清楚、简练,而又不是背稿子。他谈话时不带一张纸,不需要秘书在旁提供材料。他说话无拘束,很自然,所谈虽是实际问题,却具幽默感,偶出笑声。从谈吐中让人感到这是个很有自信而又随时思索着的人,一个有见识、有魄力、有性格的硬汉子,一个杰出的"人"。我一向不大承认什么"企业家",以为企业管理只是"形而下"的东西。自识褚时健,觉得坐在我身边侃侃而谈的这个人,确实是一位企业"家",因为他有那么一套"学问",他掌握了企业管理中某种规律性、某种哲理性的东西。

褚时健在未到玉溪卷烟厂之前,搞过一些规模较小的企业,在长期实践中他认识了一条最最朴素的真理:还是要重视物质,重视生产力。他不为"左"的政治经济气候所摇撼,不相信神话。

到了玉溪厂,他不停地思索着的是如何把红塔山的质量搞上去、保持住,使企业不停地发展。

质量,是企业的生命。

我和褚厂长只有两次短暂的接触,未能窥见他的"学问",但是我觉得他抓到了"玉烟"管理的一个支点:质量。

为什么红塔山能够力挫群雄,扶摇直上?首先,红塔山有质量上好的烟叶。有一个美国烟草专家参观了云南烟业,说再不抓烟叶生产,云烟质量很难保持。这句话给褚厂长很大启发。他决定,首先抓烟叶。玉溪卷烟厂的第一车间,不在厂里,在厂外,在田间。玉烟给烟农很大帮助,从资金到化肥、农药。但是有一个条件:你得给我好烟叶。最初厂里有人想不通,我们和农民是买卖关系,怎么能在他们身上下这样大的本?现在大家都认识到了,这是具有战略意义的一步棋。许多曾经显赫一时的名牌烟，质量下来了，很重要的一个原因，是烟叶质量没有保证。

当年生产的烟叶，不能当年就用，得存放一个时期，这样杂质异味才会挥发掉。据闻英国的名牌烟的烟叶都要存放三年。二次世界大战，存烟用尽，质量也不如以前了。玉溪烟厂的烟叶都要存放二年至二年半。这是像中药店配制丸散一样："修合虽无人见，存心自有天知"的事。这个"天"就是抽烟的人。烟叶存放了多久，抽烟的人是看不到的，但是抽得出来。他们不知其所以然，但是知其然，能分辨出烟的好坏。

玉烟厂的主要设备都是进口的。有人说：国产设备和进口的差不多，要便宜得多，为什么要花那样大的价钱搞进口的？褚时健笑答：过几年你们就知道了。从卷烟的质量看，进口设备，是划得来的。

我因为在红塔山下崴了脚，没有能去参观车间，据参观过的作家说："真是壮观！"

对烟的评价是最具群众性的，最公平的。卷烟不能像酒一样搞评比。我们国家是不允许卷烟作广告的。现在既不能像过去的美丽牌在《申报》和《新闻报》上作整幅的广告：

"有美皆备，无丽弗臻"，也不能像克莱文·Ａ一样借重梅兰芳的声誉，宣传这种烟对嗓音无害。卷烟的声誉，全靠质量，靠"烟民"们的口碑。北京人有言："人叫人千声不语，货叫人点手就来。"这是假不得的。桃李不言，下自成蹊，红塔山之赢得声誉，岂虚然哉！

玉溪卷烟厂每年给国家创利税三四十个亿，这是个吓人一跳的数字。

厂里请作家题字留念，我写了一副对联：

技也进乎道

名者实之宾

我十八岁开始抽烟，今年七十一岁，从来没有戒过，可谓老烟民矣。到了玉溪烟厂，坚定了一个信念，一抽到底，决不戒烟。吸烟是有害的。有人甚至说吸一支烟，少活五分钟，不去管它了！写了一首五言诗：

玉溪好风日，

兹土偏宜烟。

宁减十年寿，

不忘红塔山。

诗是打油诗，话却是真话，在家人也不打诳语。

玉溪卷烟厂的礼堂里，在一块很大的红天鹅绒上缀了两行铜字：

天下有玉烟

天外还有天

据褚厂长说，这是从工人的文章里摘出来的，可以说是从群众中来的了。这是全厂职工的座右铭。这表现了全体职工的自豪感，也表现了他们的高瞻远瞩的胸襟。愿玉溪卷烟厂鹏程万里！

一九九一年五月二十一日，北京

注　释

① 本篇原载《十月》1991 年第四期；初收《旅食集》，广东旅游出版社，1992 年 4 月。

自 得 其 乐[①]

孙犁同志说写作是他的最好的休息。是这样。一个人在写作的时候是最充实的时候，也是最快乐的时候。凝眸既久（我在构思一篇作品时，我的孩子都说我在翻白眼），欣然命笔，人在一种甜美的兴奋和平时没有的敏锐之中，这样的时候，真是虽南面王不与易也。写成之后，觉得不错，提刀却立，四顾踌躇，对自己说："你小子还真有两下子！"此乐非局外人所能想象。但是一个人不能从早写到晚，那样就成了一架写作机器，总得岔乎岔乎，找点事情消遣消遣，通常说，得有点业余爱好。

我年轻时爱唱戏。起初唱青衣，梅派；后来改唱余派老生。大学三四年级唱了一阵昆曲，吹了一阵笛子。后来到剧团工作，就不再唱戏吹笛子了，因为剧团有许多专业名角，在他们面前吹唱，真成了班门弄斧，还是以藏拙为好。笛子本来还可以吹吹，我的笛风甚好，是"满口笛"，但是后来没法再吹，因为我的牙齿陆续掉光了，撒风漏气。

这些年来我的业余爱好，只有：写写字、画画画、做做菜。

我的字照说是有些基本功的。当然从描红模子开始。我记得我描的红模子是："暮春三月，江南草長，雜花生樹，群鶯亂飛。"这十六个字其实是很难写的，也许是写红模子的先生故意用这些结体复杂的字来折磨小孩子，而且红模子底子是欧字，这就更难落笔了。不过这也有好处，可以让孩子略窥笔意，知道字是不可以乱写的。大概在我十一二岁的时候，那年暑假，我的祖父忽然高了兴，要亲自教我《论语》，并日课大字一张，小字二十行。大字写《圭峰碑》、小字写《闲邪公家传》，这两本帖都是祖父从他的藏帖中选出来的。祖父认为我的字有点才分，奖了我一块猪肝紫端砚，是圆的，并且拿了几本初拓的字帖给我，让我常看看。我记得有小字《麻姑仙坛》、虞世南的《夫子庙堂碑》、褚遂良的《圣教序》。小学毕业的暑假，我在三姑父家从一个姓韦的先生读桐城派古文，并跟他学写字。韦先生是写魏碑的，但他让我临的却是《多宝塔》。初一暑假，我父亲拿了一本影印的《张猛龙碑》，说："你最好写写魏碑，这样字才有骨力。"我于是写了相当长时期《张猛龙》。用的是我父亲选购来的特殊的纸。这种纸是用稻草做的，纸质较粗，也厚，写魏碑很合适，用笔须沉着，不能浮滑。这种纸一张有二尺高，尺半宽，我每天写满一张。写《张猛龙》使我终身受益，到现在我的字的间架用笔还能看出痕迹。这以后，我没有认真临过帖，平常只是读帖而已。我于二王书未窥门径。写过一个很短时期的《乐毅论》，放下了，因为我很懒。《行穰》、《丧乱》等帖我很欣赏，但我知道我写不来那样的字。我觉得王大令的字的确比王右军写得好。读颜真卿的《祭侄文》，觉得这才是真正的颜字，并且对颜书从二王来之说很信服。大学时，喜读宋四家。有人说中国书法一坏于颜真卿，二坏于宋四家，这话有道理。但我觉得宋人书是书法的一次解放，宋人字的特点是少拘束，有个性，我比较喜欢蔡京和米芾的字（苏东坡字太俗，黄山谷字做作）。有人说米字不可多看，多看则终身摆脱不开，想要升入晋唐，就不可能了。一点不错。但是有什么办法呢！打一个不太好听的比方，一写米字，犹如寡妇失了身，无法挽回了。

我现在写的字有点《张猛龙》的底子、米字的意思，还加上一点乱七八糟的影响，形成我自己的那么一种体，格韵不高。

我也爱看汉碑。临过一遍《张迁碑》，《石门铭》、《西狭颂》看看而已。我不喜欢《曹全碑》。盖汉碑好处全在筋骨开张，意态从容，《曹全碑》则过于整饬了。

我平日写字，多是小条幅，四尺宣纸一裁为四。这样把书桌上书籍信函往边上推推，摊开纸就能写了。正儿八经地拉开案子，铺了画毡，着意写字，好像练了一趟气功，是很累人的。我都是写行书。写真书，太吃力了。偶尔也写对联。曾在大理写了一副对子：

苍山负雪

洱海流云

字大径尺。字少，只能体兼隶篆。那天喝了一点酒，字写得飞扬霸悍，亦是快事。对联字稍多，则可写行书。为武夷山一招待所写过一副对子：

四围山色临窗秀

一夜溪声入梦清

字颇清秀，似明朝人书。

我画画，没有真正的师承。我父亲是个画家，画写意花卉，我小时爱看他画画，看他怎样布局（用指甲或笔杆的一头划几道印子），画花头，定枝梗，布叶，钩筋，收拾，题款，盖印。这样，我对用墨，用水，用色，略有领会。我从小学到初中，都"以画名"。初二的时候，画了一幅墨荷，裱出后挂在成绩展览室里。这大概是我的画第一次上裱。我读的高中重数理化，功课很紧，就不再画画。大学四年，也极少画画。工作之后，更是久废画笔了。当了右派，下放到一个农业科学研究所，结束劳动后，倒画了不少画，主要的"作品"是两套植物图谱、一套《中国马铃薯图谱》、一套《口蘑图谱》，一是淡水彩，一是钢笔画。摘了帽子回京，到剧团写剧本，没有人知道我能画两笔。重拈画笔，是运动促成的。运动中没完没了地写交待，实在是烦人，于是买了一刀元书纸，于写交待之空隙，瞎抹一气，少抒郁闷。这样就一发而不可收，重新拾起旧营生。有的朋友看见，要了去，挂在屋里，被人发现了，于是求画的人渐多。我的画其实没有什么看头，只是因为是作家的画，比较别致而已。

我也是画花卉的。我很喜欢徐青藤、陈白阳，喜欢李复堂，但受他们的影响不大。我的画不中不西，不今不古，真正是"写意"，带有很大的随意性。曾画了一幅紫藤，满纸淋漓，水气很足，几乎不辨花形。这幅画现在挂在我的家里。我的一个同乡来，问："这画画的是什么？"我说是："骤雨初晴。"他端详了一会，说："喀，经你一说，是有点那个意思！"他还能看出彩墨之间的一些小块空白，是阳光。我常把后期印象派方法融入国画。我觉得中国画本来都是印象派，只是我这样做，更是有意识的而已。

画中国画还有一种乐趣，是可以在画上题诗，可寄一时意兴，抒感慨，也可以发一点牢骚，曾用干笔焦墨在浙江皮纸上画冬日菊花，题诗代简，寄给一个老朋友，诗是：

新沏清茶饭后烟，

自搔短发负晴暄，

枝头残菊开还好，

留得秋光过小年。

为宗璞画牡丹，只占纸的一角，题曰：

人间存一角，

> 聊放侧枝花,
>
> 欣然亦自得,
>
> 不共赤城霞。

宗璞把这首诗念给冯友兰先生听了,冯先生说:"诗中有人"。

今年洛阳春寒,牡丹至期不开。张抗抗在洛阳等了几天,败兴而归,写了一篇散文《牡丹的拒绝》。我给她画了一幅画,红叶绿花,并题一诗:

> 看朱成碧且由他,
>
> 大道从来直似斜。
>
> 见说洛阳春索寞,
>
> 牡丹拒绝著繁花。

我的画,遣兴而已,只能自己玩玩,送人是不够格的。最近请人刻一闲章:"只可自怡悦",用以押角,是实在话。

体力充沛,材料凑手,做几个菜,是很有意思的。做菜,必须自己去买菜。提一菜筐,逛逛菜市,比空着手遛弯儿要"好白相"。到一个新地方,我不爱逛百货商场,却爱逛菜市,菜市更有生活气息一些。买菜的过程,也是构思的过程。想炒一盘雪里蕻冬笋，菜市场冬笋卖完了，却有新到的荷兰豌豆，只好临时"改戏"。做菜，也是一种轻量的运动。洗菜，切菜，炒菜，都得站着（没有人坐着炒菜的），这样对成天伏案的人，可以改换一下身体的姿势，是有好处的。

做菜待客，须看对象。聂华苓和保罗·安格尔夫妇到北京来，中国作协不知是哪一位，忽发奇想，在宴请几次后，让我在家里做几个菜招待他们，说是这样别致一点。我给做了几道菜，其中有一道煮干丝。这是淮扬菜。华苓是湖北人，年轻时是吃过的。但在美国不易吃到。她吃得非常惬意，连最后剩的一点汤都端起碗来喝掉了。不是这道菜如何稀罕，我只是有意逗引她的故国乡情耳。台湾女作家陈怡真（我在美国认识她），到北京来，指名要我给她做一回饭。我给她做了几个菜。一个是干烧小萝卜。我知道台湾没有"杨花萝卜"（只有白萝卜）。那几天正是北京小萝卜长得最足最嫩的时候。这个菜连我自己吃了都很惊诧：味道鲜甜如此！我还给她炒了一盘云南的干巴菌。台湾咋会有干巴菌呢？她吃了，还剩下一点，用一个塑料袋包起，说带到宾馆去吃。如果我给云南人炒一盘干巴菌，给扬州人煮一碗干丝,那就成了鲁迅请曹靖华吃柿霜糖了。

做菜要实践。要多吃,多问,多看(看菜谱),多做。一个菜点得试烧几回,才能掌握咸淡火候。冰糖肘子、乳腐肉,何时炕软入味,只有神而明之,但是更重要的是要富于想象。想得到,才能做得出。我曾用家乡拌荠菜法凉拌菠菜。半大菠菜(太老太嫩都不行),入开水锅焯至断生,捞出,去根切碎,入少盐,挤去汁,与香干(北京无香干,以熏干代)细丁、虾米、蒜末、姜末一起,在盘中抟成宝塔状,上桌后淋以麻油酱醋,推倒拌匀。有余姚作家尝后,说是"很像马兰头"。这道菜成了我家待不速之客的应急的保留节目。有一道菜,敢称是我的发明:塞肉回锅油条。油条切段,寸半许长,肉馅剁至成泥,入细葱花、少量榨菜或酱瓜末拌匀,塞入油条段中,入半开油锅重炸。嚼之酥碎,真可声动十里人。

我很欣赏《杨恽报孙会宗书》:"田彼南山,芜秽不治。种一顷豆,落而为萁。人生行乐耳,须富贵何时。""人生行乐耳,须富贵何时",说得何等潇洒。不知道为什么,汉宣帝竟因此把他腰斩了,我一直想不透。这样的话,也不许说么?

注　释

① 本篇原载《艺术世界》1992年第一期；初收《汪曾祺散文随笔选集》，沈阳出版社，1993年6月。

却　老[①]

糊里糊涂，就老了。不知道从什么时候起，别人对我的称呼从"老汪"变成了"汪老"。老态之一，是记性不好。初见生人，经人介绍，很热情地握手，转脸就忘了此人叫什么。有的朋友见过不止一次，一起开会交谈，却怎么也想不起该怎么称呼。有时接到电话，订了约会，自以为是记住了，但却忘得一干二净。但是一些旧事，包括细节，却又记得十分清楚。这是老人"十悖"之一，上了岁数，都是这样。另外一方面，又还不怎么显老，眼睛还不老。人老，首先老在眼睛上。老人眼睛没神，眼睛是空的，说明他已经失去思想的敏锐性，他的思想集中不起来。我自觉还不是这样。前几年《三月风》杂志请丁聪为我画了一张漫画头像，让我写几句话作为像赞，写了四句诗：

近事模糊远事真，双眸犹幸未全昏。

衰年变法谈何易，唱罢莲花又一春。

人总要老的，但要尽量使自己老得慢一些。

要使自己老得慢一点，首先要保持思想的年轻，不要僵化。重要的，甚至是唯一的办法，是和年轻人多接触。今年5月，我给青年诗人魏志远的小说集写了一篇序，说：

> 去年下半年，我为几个青年作家写过序，读了一些他们的作品。每一次都是一次新的经验，都是对我的衰老的一次冲激，对我这盆奇形怪状的老盆景下了一场雨。
>
> ……
>
> 志远这样的作家是不需要"导师"的（志远是我在鲁迅文学院所带的研究生，我算是他的导师），谁也不能指导他什么。任何一个作家都不需要什么导师。我不是志远的导师，是朋友。因为年辈的相差，可以说是忘年交。凡上岁数的作家，都应该多有几个忘年交。相交忘年，不是为了去指导，而是去接受指导，或者，说得婉转一点，是接受影响，得到启发。这是遏制衰老的

唯一办法。

我说的是实实在在的话,不是矫情。但这对一些人是不适用的。

要长葆思想的活泼,得常用。太原晋祠有泉曰"难老",有亭,亭中有小竖匾,匾是傅青主所写,曰"永锡难老"。泉水所以难老,因为流动。人的思想也是这样,常用,则灵活敏捷;老不用,就会迟钝甚至痴呆。用思想,最好的办法是写文章。平常想一些事情,想想也就过去了。倘要落笔写成文章,就得再多想想,使自己的思想合逻辑,有条理,同时也会发现这件事所蕴藏的更丰富的意义。为写文章,尤其是散文,就要读一点书。平常读书,稍有发现,常常是看过也就算了。到要写一点什么,就不同了。朱光潜先生说为写文章而读书,会读得更细致,更深入,这是经验之谈。文章越写越有,老不写,就没有。庄稼人学种地,老人们常说"力气越用越有",写文章也是这样。带着问题读书,常常会旁及有关的材料。最近重读《阅微草堂笔记》,原来是为印证鲁迅对此书的评价(我曾经认为鲁迅的评价偏高),却从书中发现纪晓岚的父亲纪姚安是个非常有意思的人,他的思想非常通达,因而写了一篇散文《纪姚安的议论》，这是原先没有想到的。我因此又对乾嘉之际的学者的思想产生兴趣，很想读一读戴东原、俞理初的书。写文章引起读书的兴趣，这是最大的收获。写作最好养成习惯。老舍先生说他有得写没得写，一天至少要写五百字，因此直到后来，笔下仍极矫健。一个作家在写作的时候，是生命状态最充盈，最饱满的时候，也是最快乐的时候。孙犁同志说写作是他的最好的休息，我有同感。笔耕不辍，乃长寿之道。只是老人写作，譬如登山，不能跑得过猛。像年轻人那样，不分日夜，一口气干出万把字，那是不行的。

一个弄文学的人，倘不愿速老，最好能搞一点现代主义，接受一点西方的影响。上个月，应台湾《联合日报副刊》之邀，写了一篇小文章。文章小，题目却大：《二十一世纪的文学》。我认为本世纪中国文学，颠来倒去，无非是两个方面的问题：一个是现实主义与现代主义的问题；一个是继承民族传统与接受外来影响的问题。前几年，在北京市作协举行的讨论我的小说的座谈会上，我于会议将结束时作了一个简短的发言，题目是《回到现实主义，回到民族传统》，好像这是我的文学主张。所以说"回到"，是因为我年轻时接受过西方现代派的影响。经过一段时间的磨炼，我觉得现实主义是仍有生命力的；一个人，不能脱离自己本土的文化传统，否则就会变成无国籍的"悬空的人"——我曾用这题目写过一篇散文，记几个美国黑人学者的心态，他们的没有自己的文化、没有历史的深刻的悲哀。所谓"祖国"，很重要的成分是祖国的文化。为了怕引起误会，我后来在别的文章里作了一点补充：我所说的现实主义是能容纳一切流派的现实主义；我所说的民族文化传统是不排斥外来影响的文化传统。现实主义和现代主义是可以溶合的；民族文化和外来影响也并不矛盾，它们之间并非渭泾分明，作家也不必不归杨则归墨，在一棵树上吊死。二十一世纪的文学，可能是既是更加现实主义的，也是更加现代主义的；既有更浓厚的民族传统色彩，也有更鲜明的西方文学的影响。针对中国大陆文学的现状，我以为目前有强调对现代主义、西方影响更加开放的必要。人体需要接受一点刺激，促进新陈代谢。现实主义如果不吸收现代主义，就会衰老，干枯，成为木化石。

"衰年变法谈何易"，变法，我是想过的。怎么变，写那首诗时还没有比较清晰的想法。现在比较清楚了：我得回过头来，在作品里溶入更多的现代主义。

不一定每篇作品都是这样。有时是受所表现的生活所制约的。比如我写的《天鹅之死》，时空交错，有点现代派；最近为《中国作家》写的《小芳》，就写得很平实，初看，看不出有什么现代派的影子。说要溶入更多的现代主义只是一个主观追求的倾向。

现实主义和现代主义都是一个宽泛的概念，作家不要自我设限，如孔夫子所说："今汝画"。

路漫漫其修远兮，吾将上下而求索。

给我看过相的都说我能长寿。有一位素不相识的退休司机在一个小酒馆里自荐给我看一相，断言我能活九十岁。我今年七十一，还能活多久，未可知也。我是希望能多活几年的，我要多看看，看看世界的变化，国家的变化，文学的变化。

一九九一年六月十七日

注　释

①　本篇原载 1992 年 3 月 19 日《解放日报》。见报时编者在文后加了一段说明："这是作者写给范泉同志的一封信。本刊登载时略

有删节。全文已编入上海文艺出版社即将出版的《文化老人话人生》一书。"《文化老人话人生》，范泉主编，上海文艺出版社，1992年11月。但所收稿前多出书信上款及第一自然段：

范泉先生：

捧接来书，真同隔世。你历尽坎坷，重返故地，仍理旧业，从来信行文及字迹看，流利秀雅，知身心并甚健康，深可欣慰。承嘱为文谈老年心态，自当如命，但恨只能作泛泛之谈，无深意耳。

初收《汪曾祺全集》第五卷，北京师范大学出版社，1998年8月。

猴 年 说 命[①]

据赵翼《陔余丛考》，十二生肖之说起于东汉，以前未之闻也。这是术数家搞出来的。以十二种动物来配十二地支，来源不可知。是受了图腾崇拜的影响么？好像还没有人考察过。"肖"是像的意思。十二生肖也叫十二属相。相即肖。哪一年生的人就像哪一种动物？未见得。寅年生的都长得虎头虎脑的？申年生的都是猴里巴叽的？

但是属相之说对中国人的生活颇有影响。过去婚嫁，得看双方的属相，有些属相是"相克"的，比如"鸡狗不到头"之类。死了人，在盛殓封钉的时候，规定有几种属相的亲戚不能在场，这几种属相的人得避开，这有什么道理？

北方还有本命年的说法。南方似无此说。北方人认为哪个属相的年对那个属相的人不利,是个"坎儿",逢本命年,得系一条红裤带,有的地方还得系一个红兜兜,这样才能迈过这个"坎儿"。我是属猴的,今年七十二岁,算了算我已经度过了五个本命年。这五个本命年都没有遇到大灾大难。有点灾难,倒都不在本命年。今年是第六个本命年,会遇到什么"坎儿"呢?

今年好像应该对我双重不利。按虚岁,七十三了。中国老人怕"七十三,八十四"。据说孔夫子死于七十三岁,孟夫子死于八十四。孔夫子死于哪一年,跟我有什么相干?乡谚云"人过七十三,不死鬼来搀",真要是到了时候,我会自己走的,不必麻烦鬼卒,我的腿脚还利落。人活到七十,就算够了本了,以后都是白赚的。真要是今年就画了句号,也没有什么可遗憾的。看相的都说我能长寿,我将信将疑。不过看样子,一时半会还不会报销。然而也难说,"老健春寒秋后热",没有几天的事儿。喂!大年下,别说这不吉利的话!七十岁的时候,我说过活到八十,问题不大。再多凑合两年,再过一个本命年,许行!

再活下去,有什么打算?无非是希望能再写点东西。希望思想文笔都还"活泛"。我的儿子最近看了我的散文,对他妈说："爸还不老哎！"我听了很高兴。人老了，最怕思想僵化，死抱着多年形成而其实很陈旧的观念不撒手，自以为有一种谁也没有交给他的历史使命，指手画脚，吹胡子瞪眼，成了北京人所说的"老悖晦"，那可就没多大意思了。

能够写的，仍然是短篇小说和散文。有人劝我一定要留下一个长篇，说一个作家不写长篇总不能算个真正的作家。我也曾经想过写一个历史题材的长篇小说《汉武帝》，但是困难很多。汉朝人的生活、饮食、居处、礼节跪拜……我都不清楚。举一个例，汉武帝和邓通究竟是什么关系？《史记》云邓通"其衣后穿"究竟是什么意思？我问过文史专家，他们只是笑笑，说："大概是同性恋。"我也觉得大概是同性恋，但是"其衣后穿"未免太过分了。这些，我都没有把握，但又不愿瞎编，因此长篇的计划很可能泡汤。

七十岁时我写过一首自寿诗，末二句云："假我十年闲粥饭，未知留得几囊诗"，我还能写多少东西呢？

一九九二年二月北京

注　释

① 本篇原载 1992 年 2 月 13 日《解放日报》；初收《汪曾祺全集》第五卷，北京师范大学出版社，1998 年 8 月。

悔不当初[①]

我一生最大的遗憾是没有把英文学好。

小学六年级就有英文课，但是我除了 book、pen 之类少数的单词外什么也没有记住。初中原来教英文的是我的一个远房舅舅，行六，是个近视眼，人称"杨六瞎子"，据说他的英文是很好的。但是我进初中时他已经在家享福，不教书了。后来的英文教员都不怎么样。初中三年级教英文的是校长耿同霖，用的课本却是《英文三民主义》——他是国民党党部的什么委员，教学的效果可想而知。因此全校学生的英文被白白地耽误了三年。我读的高中是江阴的南菁中学。南菁中学的数、理、化和英文的程度在江苏省是很有名的。教我们英文的是吴锦棠先生。他是圣约翰大学毕业的，英文很好，能够把《英汉四用辞典》背下来。吴先生原来是西装笔挺很洋气，很英俊的，他的夫人是个美人。夫人死后，吴先生的神经受了刺激，变得很邋遢，脑子也有点糊涂了。他上课是很有趣的。讲《李白大梦》，模仿李白的老婆在李白失踪后到处寻找李白，尖声呼叫；讲《澳洲人打袋鼠》，他会模仿袋鼠的样子，四脚朝天躺在讲桌上。高中一、二年级的英文课本是相当深的，除了兰姆的散文，还有《为什么经典是经典》这样的难懂的论文，有一课是《凯撒大帝》剧本中凯撒遇刺后安东尼在他的尸体前的演讲！除了课本以外，还要背扬州中学编的单页的《英文背诵五百篇》。如果我能把这两册课本学好，把《五百篇》背熟，我的英文会是很不错的。但是我没有做到。原因是：一、我的初中英文基础太差；二、我不用功；三、吴先生糊涂。考试时，他给上一班出的题目都忘了，给下一班出的还是那几道题。月考、大考（学期考试）都是这样。学生知道了，就把上一班的试题留下来，到时候总可以应付。而且吴先生心肠特好，学生的答卷即便文不对题，只要能背下一段来，他也给分。主要还是要怪我自己，不能怪吴先生。这样好的老师，教出了我这么个学生！——我的同班同学有不少是英文很好的。我到现在还常怀念吴先生，并且觉得有点对不起他。

1937年暑假后,江阴失陷,我在淮安中学、私立扬州中学、盐城临时中学辗转"借读",简直没有读什么书。淮安中学教英文的姓过,无锡人,他教的英文实在太浅了,还不到初中一年级程度。我们已经高三了,他却从最起码的拼音教起:d-a, da; d-o, do; d-u, du!

参加大学入学考试时我的英文不知道得了几分,反正够呛。我记得很清楚,有一道题是中翻英,是一段日记:"我刷了牙,刮了脸……"我不知"刮脸"怎么翻,就翻成"把胡子弄掉"!

大一英文是连滚带爬,凑合着及格的。

大二英文,教我们那个班的是一个俄国老太太,她一句中文也不会说,我对她的英文也莫名其妙。期终考试那天,我睡过了头(我任何课上课都不记笔记,到期终借了别的同学的笔记本看,接连开了几个夜车,实在太困了),没有参加考试。因此我的大二英文是0分。

不会英文,非常吃亏。

作为一个作家,有时难免和外国人见面座谈,宴会,见面握手寒暄,说不了一句整话,只好傻坐着,显得非常愚蠢。

偶尔出国，尤其不便。我曾到美国爱荷华参加国际写作计划。几乎所有的外国作家都能说英语，我不会，离不开翻译一步。或作演讲，翻译得不大准确，也没有办法。我曾作过一个关于中国艺术的"留白"特点的演讲，提到中国画的构图常不很满，比如马远，有些画只占一个角，被称为"马一角"，翻译的女士翻成了"一只角的马"（美国有一种神话传说中的马，额头有一只角），我知道她翻得不对，但也没有纠正，因为我也不知道"马一角"在英语中该怎么说。有些外国作家，尤其是拉丁美洲的作家，不知道为什么对我很感兴趣，但只通过翻译，总不能直接交流感情。有一位女士眼睛很好看，我说她的眼睛像两颗黑李子，大陆去的翻译也没有办法，他不知道英语的黑李子该怎么说。后来是一位台湾诗人替我翻译了告诉她，她才非常高兴地说："喔！谢谢你！"台湾的作家英文都不错，这一点，优于大陆作家。

最别扭的是：不能读作品的原著。外国作品，我都是通过译文看的。我所接受的西方文学的影响，其实是译文的影响。六朝高僧译经，认为翻译是"嚼饭哺人"，我吃的其实是别人嚼过的饭。我很喜欢海明威的风格，但是海明威的风格究竟是怎么回事，我真说不上来，我没有读过他的一本原著。我有时到鲁迅文学院等处讲课,也讲到海明威,但总是隔靴搔痒,说不到点子上。

再有就是对用英文翻译的自己的作品看不懂,更不用说是提意见。我有一篇小说《受戒》译成英文。这篇小说里有三副对联,我想:这怎么翻呢?后来看看译文,译者用了一个干净绝妙的主意:把对联全部删去了。我有个英文很棒的朋友,说是他是能翻的。我如果自己英文也很棒,我也可以自己翻!

我觉得不会外文(主要是英)的作家最多只能算是半个作家。这对我说起来,是一个惨痛的、无可挽回的教训。我已经72岁,再从头学英文,来不及了。

我诚恳地奉劝中青年作家,学好英文。

学英文,得从中学抓起。一定要选择好的英文教员。如果英文教员不好,将贻误学生一辈子。

希望教育部门一定要重视这个问题。

注　释

① 本篇原载《时代青年》1993年第四期;初收《草花集》,成都出版社,1993年9月。

祈 难 老[①]

太原晋祠，从悬瓮山流出一股泉水，是为晋水之源。泉名"难老泉"。泉流出一段，泉上建亭，亭中有一块竖匾，题曰："永锡难老"，傅青主书，字写得极好。"难老"之名甚佳。不说"不老"，而说"难老"。难老不是说老得很难。没有人快老了，觉得老得太慢了：阿呀，怎么那么难呀，快一点老吧。这里所谓难老，是希望老得缓慢一点，从容一点，不是"焉得不速老"的速老，不是"人命危浅，朝不虑夕"那样的衰老。

要想难老，首先要旷达一点，不要太把老当一回事。说白了，就是不要太怕死。老是想着我老了，没有几年活头了，有一点头疼脑热，就很紧张，思想负担很重，这样即使是多活几年，也没有多大意思。老死是自然规律，谁也逃不脱的。唐宪宗时的宰相裴度云："鸡猪鱼蒜，逢着则吃；生老病死，时至则行"，这样的态度，很可取法。

其次是对名利得失看得淡一些。孔夫子说："及其老也，戒之在得。"得，无非一是名，二是利。现在有些作家"下海"，我觉得这未可厚非，但这是中青年的事，老了，就不必"染一水"了。多几个钱，花起来散漫一点，也不错。但是我对进口家具、真皮沙发、纯毛地毯，实在兴趣不大，——如果有人送我，我也不会拒绝。我对名牌服装爱好者不能理解。穿在身上并不特别舒服，也并不多么好看，这无非是显出一种派头，有"份"。何必呢。中国作家还不到做一个"雅皮士"的时候吧。至于吃食，我并不主张"一箪食一瓢饮"，但是我不喜欢豪华宴会。吃一碗烩鲍鱼、黄焖鱼翅，我觉得不如来一盘爆肚，喝二两汾酒。而且我觉得钱多了，对写作没有好处，就好比吃饱了的鹰就不想拿兔子了。名，是大多数作者想要的。三代以下未有不好名者。但是我以为人不可没有名，也不可太有名。60岁时，我被人称为作家，还不习惯。进70岁，就又升了一级，被称为老作家、著名作家，说实在的，我并不舒服。盛名之下，其实难副，这成了一种负担。我一共才写了那么几本书，摞在一起，也没有多大分量。有些关于我的评论、印象记、访谈录之类，我也看看。言谈微中，也有知己之感。但是太多了，把我弄成热点，而且很多话说得过了头，我很不安。十多年前我在一次座谈会上说过，希望我就是悄悄地写写，你们就是悄悄地看看，是真话。这样我还能多活几年。

要难老，更重要的是要工作。饱食终日，无所事事，是最难受的。我见过一些老同志，离退休以后，什么也不干，很快就显老了，精神状态老了。要找点事做，比如搞搞翻译、校点校点古籍……。作为一个作家，要不停地写。笔这个东西，放不得。一放下，就再也拿不起来了。写长篇小说，我现在怕是力不从心了。曾有写一个历史题材的长篇的打算，看来只好放弃。我不能进行长时期的持续的思索，尤其不能长时期的投入、激动。短篇小说近年也写得少，去年一年只写了三篇。写得比较多的是散文。散文题材广泛，写起来也比较省力，近二年报刊约稿要散文的也多，去年竟编了三本散文集，是我没有料到的。

散文中相当一部分是为人写的序。顾炎武说过："人之患在好为人序"，予岂好为人序哉，予不得已也。人家找上门来了，不好意思拒绝。写序是很费时间的，要看作品，要想出几句比较中肯的话。但是我觉得上了年纪的作家为青年作家写序是一种不可推卸的责任，所以我还愿意写。但是我要借此机会提出一点要求：一、作者要自揣作品有一定水平，值得要老头儿给你卖卖块儿。二、让我看的作品只能挑出几篇，不要把全部作品都寄来，我篇篇都看，实在吃不消。三、寄来作品请自留底稿，不要把原稿寄来。我这人很"拉糊"，会把原稿搞丢了的。四、期限不要逼得太紧，不要全书已经发排，就等我这篇序。

我几乎每天都要写一点，我的老伴劝我休息休息。我说这就是休息。在不拿笔的时候，我也稍事休息。我的休息一是泡一杯茶在沙发上坐坐，二是看一点杂书。这也是为了写作。坐，并不是"一段呆木头"似的坐着，脑子里会飘飘忽忽地想一些往事。人老了，对近事善忘，有时有人打电话给我，说了什么事，当时似乎记住了，转脸就忘了。但对多少年前的旧事却记得很真切。这是老人"十悖"之一。我把这些往事记下来，就是一篇散文。我将为深圳海天出版社编一本新的散文集，取名就叫《独坐小品》[②]。看杂书，也是为了找一点写作的材料。我看的杂书大都是已经看过的，但是再看看，往往有新的发现。比如，几本笔记里都记过应声虫，最近看了一本诗话，才知道得应声虫病是会要人的命的，而且这种病还会传染！这使我对应声虫有了一层新的认识。

今年正月十五，是我的七十三岁生日，写了一副小对联，聊当自寿：

往事回思如细雨

旧书重读似春潮

癸酉年元宵节晚六时

七十三年前这会我正在出生。

注　释

①　本篇原载《火花》1993年第四期；初收《草花集》，成都出版社，1993年9月。

②　此集后来（1996年）由宁夏人民出版社出版。

老年的爱憎①

大约三十年前，我在张家口一家澡塘洗澡，翻翻留言簿，发现有叶圣老给一个姓王的老搓背工题的几句话，说老王服务得很周到，并说："与之交谈，亦甚通达。""通达"用在一个老搓背工的身上，我觉得很有意思，这比一般的表扬信有意思得多。从这句话里亦可想见叶老之为人。因此至今不忘。

"通达"是对世事看得很清楚，很透澈，不太容易着急生气发牢骚。

但"通达"往往和冷漠相混。鲁迅是反对这种通达的。《祝福》里鲁迅的本家叔叔堂上的对联的下联写的便是"事理通达心气和平"，鲁迅是对这位讲理学的老爷存讽刺之意的。

通达又常和恬淡，悠闲联在一起。

这几年不知道怎么提倡起悠闲小品来，出版社争着出周作人、林语堂、梁实秋的书，这说明什么问题呢？

周作人早年的文章并不是那样悠闲的，他是个人道主义者，思想是相当激进的。直到《四十自寿》"请到寒斋吃苦茶"的时候，鲁迅还说他是有感慨的。后来才真的闲得无聊了。我以为林语堂、梁实秋的文章和周作人早期的散文是不能相比的。

提倡悠闲文学有一定的背景，大概是因为大家生活得太紧张，需要休息，前些年的文章政治性又太强，过于严肃，需要轻松轻松。但我以为一窝蜂似的出悠闲小品，不是什么好事。

可是偏偏有人（而且不少人）把我的作品算在悠闲文学一类里，而且算是悠闲文学的一个代表人物。

我是写过一些谈风俗，记食物，写草木虫鱼的文章，说是"悠闲"，并不冤枉。但我也写过一些并不悠闲的作品。我写的《陈小手》，是很沉痛的。《城隍·土地·灶王爷》，也不是全无感慨。只是表面看来，写得比较平静，不那么激昂慷慨罢了。

我不是不食人间烟火，不动感情的人。我不喜欢那种口不臧否人物，绝不议论朝政，无爱无憎，无是无非，胆小怕事，除了猪肉白菜的价钱什么也不关心的离退休干部。这种人有的是。

中国人有一种哲学，叫做"忍"。我小时候听过"百忍堂"张家的故事，就非常讨厌。现在一些名胜古迹卖碑帖的文物商店卖的书法拓本最多的一是郑板桥的"难得糊涂"，二是一个大字："忍"。这是一种非常庸俗的人生哲学。

周作人很欣赏杜牧的一句诗："忍过事堪喜"，以为这不像杜牧说的话。杜牧是凡事都忍么？请看《阿房宫赋》："使天下之人，不敢言而敢怒。"

一九九三年十一月三日

注　释

①　本篇原载《钟山》1994 年第一期；初收《汪曾祺全集》第六卷，北京师范大学出版社，1998 年 8 月。

继　　母[1]

林则徐的女儿嫁沈葆桢,病笃,自知不治,写了一副对联留给沈葆桢和她的女儿:

我别良人去矣。大丈夫何患无妻。
若他年重结丝罗,莫对生妻谈死妇。
汝从严父戒哉,小妮子终当有母。
倘异日得蒙扶养,须知继母即亲娘。

（引自1993年11期《女声》杂志）

这实际上是一篇遗嘱。病危之时,不以自己的生死萦怀,没有多少生离死别的悲悲切切,而是拳拳以丈夫和继室,女儿和后母处好关系为念,真是难得。老是继室面前谈前妻,总是会使继室在感情上不舒服的。前娘的女儿对后娘总不会那么亲，久之，便会产生隔阂。使她放心不下的，唯此二事，所以言之谆谆。话说得既通达，又充满人情。这真是大家风范，不愧是林则徐的女儿。

由此我想起一个与后娘有关的评剧小戏，《鞭打芦花》，是写闵子骞的。闵子骞的母亲死了，他父亲又续娶了一房。后房生了两个儿子。一天，下大雪，闵子骞的父亲命三个儿子驾车外出，闵子骞的父亲看见大儿子抱肩耸背，不使劲，很生气，抽了他一鞭。一鞭下去，闵子骞的上袄裂开了，闵子骞的父亲怔了：袄里絮的不是棉花，是芦花！闵子骞的父亲大为生气，怎么可以对前房的儿子这样呢！他要把这个后老伴休了。闵子骞说千万使不得，跪在雪地上说了两句话：

母在一子单，

母去三子寒。

这是两句非常感人的话。

闵子骞是孔子的学生，是个孝子。孔子称赞他说："孝哉闵子骞！人不间于其父母昆弟之言。"（《论语·先进》）"鞭打芦花"有没有这回事，未见记载。我想是民间艺人编出来的戏，这样富于生活气息的细节，也只有民间艺人能够想得出。这是一出说教的戏,但是编得很艺术,很感人。过去在农村演出,到"母在一子单,母去三子寒",有的妇女会流泪,甚至会哭出声来的。

继母是不好当的。"继母"在旧社会一直是一个不好解决的家庭问题、社会问题、伦理道德问题。一般继母对自己生的儿女即便是打是骂,也还是疼的,因为照京郊农村小戏所说,这是"我生的,我养的,我锄的,我榜的!"而对前房的子女,则是"隔层肚皮隔重山"。这种关系,须要协调。怎么协调?"亦唯忠恕而已矣"。

林则徐的女儿的遗联,《鞭打芦花》的情节,直接间接都受了儒家思想的影响。林则徐的女儿出身书香门第,曾读孔孟之书,自不必说。《鞭打芦花》的编剧艺人未必读过《论语》(但是一出土生土长的民间小戏却以一个孔夫子的弟子作主角,这是值得深思的),但是这位(或这些)剧作者掌握了儒家思想最精粹的内核:人情。

现在实行一对夫妻只生一个孩子的政策,"继母"问题已经不那么尖锐,不那么普遍了,但是由此涉及的伦理道德问题并没有解决,即如何为人母。

有些与"继母"毫不相干的社会现象,从伦理道德角度来看，即所谓"人际关系"，其实是相通的，即怎样"做人"。

一个国家，一个民族，一个时代，总要有它的伦理道德观念。我们今天的伦理道德观念从什么地方取得？我看只有从孔夫子那里借鉴，曰仁心，曰恕道，或者如老百姓所说：讲人情。如果一个时代没有道德支柱，只剩下赤裸裸的自私和无情，将是极其可怕的事。我们现在常说提高民族的素质，什么素质？应该是文化素质、心理素质、伦理道德素质。

我觉得林则徐的女儿的遗联、《鞭打芦花》，对提高民族伦理道德素质，是有作用的。

一九九三年十一月十八日

注 释

① 本篇原载《大家》1998 年第二期；初收《汪曾祺全集》第六卷，北京师范大学出版社，1998 年 8 月。

造屋为人[①]

世界上有各种样房屋，各有各的用处，形制也就不同。长城为了防御（如果把长城也算是房屋），太和殿是为了皇帝临朝议政的，午门是为了献俘，祈年殿为了祈年。外国的，凯旋门是为了纪念战功，白宫是总统办公室。比萨斜塔是干什么用的，我就不知道了。但是绝大多数的房屋是为了住人的。从鄂温克族的"撮罗子"、内蒙草原的蒙古包，到故宫的御花园，都是如此。

住房的风格是和人的精神、人的生活意识、文化意识相一致的。北京的四合院是典型的中国人的住宅，是一种保守的建筑形式。"四合院"的精义在一个"合"字。中国人讲究"睦邻"——处街坊，街坊以外，就很少往来。我到皖南黟县参观过古民居，民居多低小，堂屋，两厢都小。那么小小的房子还要盖出一楼一底，走进去好像连腰都伸不直。通风、采光都不好，大上午，房间里光线也像是黄昏了，黑洞洞的，这样小的房子，门窗、隔扇却都雕镂得很精细。这样的民居比北京的四合院还要保守，这种民居格局也反映出商人思想的保守——民居主人多为商人，善做木材生意。有一家堂屋里挂了一幅朱红的木刻对联，联文如下："做官好，为商好，学好便好；创业难，守成难，知难不难"，这对联的核心是"守成"。美国的民居大都是一家一座，一家跟一家不挨着，没有围墙，但是门窗都紧闭着，看不见里面的主人在干什么。我问过美国人："你们干嘛要把房子盖成这样？"美国人说："我们都是个人主义者，不愿意叫人干扰我们的生活。"在美国，倘非事前约好，是不能随便上人家串门聊天的。

这几年，北京盖了不少居民楼，对缓解房屋紧张起了很大的作用，是市府的一项德政。但是千篇一律，从外到内，都是一样。怎样使民居体现社会主义精神文明，这还是一个值得研究的问题。

我的理想的居室是什么样的呢？一要比较宽敞，也不要太大。苏州的拙政园，我就觉太大了，而且散漫无章法。网师园就挺好，也开阔，也幽深，小巧玲珑，便于闲坐待客。我现在的房子过于仄逼，到处是书，几无下脚处。要写点东西，得把桌上的书报搬到床上堆着，晚上睡觉再搬回桌上。我的书大部分不上架，我自己写的书有一些收到后不能开封，只好在墙角码起来。我希望有一间大一点的书斋，除了书桌，还放得下写字画画的案子。希望在设计时就安排好摆书橱、挂字画的地方，这样才像一个知识分子的家。另外，要有个能坐下七八个客人的会客室；厨房也要稍大一些，伸手够得着坛坛罐罐——我是自己做饭的。但是什么时候才能实现我的理想呢？尝作打油诗自嘲：

年年岁岁一床书，
弄笔晴窗且自娱。
更有一般堪笑处，
六平方米作郇厨。

等着吧。"面包会有的，什么都会有的"。

一九九五年十月十五日

注 释

① 本篇原载《中华锦绣》1995年十一、十二月合刊号。

病[①]

大部分人都不愿意生病，这种思想有时会形诸姓名，如霍去病，如后来的辛弃疾。我很少生病。除了1939年初到昆明时，因为恶性疟疾，住过院，此外没有一次住过医院，我颇引为自豪。近年情况有些改变。今年春节我想到医院做一次小肠右偏疝手术，不料经过检查，肝功不合标准，不能手术，于是我成了一个病人，不断吃了很多中药、西药，成了一个药罐子。这很不方便，行动不便，体力不佳，尤其是工作情绪锐减，成天不想做什么事，这可真不好。北方农民有言：有什么别有病，没什么别没钱，我于此深有同感。我希望赶快把病治好，成一个"好人"，可以正常的工作。人活着总得干点什么，不能白过。

（一九九五年）

注　释

① 本篇据手稿编入。

"安　逸"[①]

"安逸"究竟是什么意思？说不准。是安稳、闲豫、喜悦、欣慰、愉快……？我们到重庆，川剧名丑李文杰要请我们吃饭，说："不把你两个晕一下，我心里硬是不安逸。"那么"安逸"又有点近乎北京话的"踏实"。安逸是四川人的生活态度，一种人生境界。四川人活得从容不迫，潇潇洒洒，泡泡茶馆，摆摆龙门阵，但求心之所安，便是无上福气，"安逸"是四川文化的精髓。

四川语言丰富生动，用词含意，为他省所不及。比如，曾看过一出川戏，一个小丑说："你还阴倒聪明！""阴倒"一词，不能用他词代替。如用"暗暗地"，"偷偷地"，便无味道。"阴倒"有动态。

四川话里有所谓"言子"，民间谚语、成语、俗话、歇后语，都可说是"言子"。我在抗战（四川人叫"打国仗"）时期曾读过一本"言子"集，很有趣，可惜所收言子太少，又无诠释例句，读起来不大过瘾。我希望能有人编一本比较详尽的言子专集。

注　释

① 本篇原载 1997 年 1 月 7 日《重庆晚报》；又载《我还在今天生活》，重庆出版社，1999 年。

猫[1]

我不喜欢猫。

我的祖父有一只大黑猫。这只猫很老了,老得懒得动,整天在屋里趴着。

从这只老猫我知道猫的一些习性:

猫念经。猫不知道为什么整天"念经",整天呜噜呜噜不停。这呜噜呜噜的声音不知是从哪里发出来的,怎么发出来的。不是从喉咙里,像是从肚子里发出的。呜噜呜噜……真是奇怪。别的动物没有这样不停地念经的。

猫洗脸。我小时洗脸很马虎,我的继母说我是猫洗脸。猫为什么要"洗脸"呢?

猫盖屎。北京人把做了见不得人的事想遮掩而又遮不住,叫"猫盖屎"。猫怎么知道拉了屎要盖起来的?谁教给它的？——母猫，猫的妈？

我的大伯父养了十几只猫。比较名贵的是玳瑁猫——有白、黄、黑色的斑块。如是狮子猫，即更名贵。其他的猫也都有品，如"铁棒打三桃"，——白猫黑尾，身有三块桃形的黑斑；"雪里拖枪"；黑猫、白猫、黄猫、狸猫……

我觉得不论叫什么名堂的猫，都不好看。

只有一次，在昆明，我看见过一只非常好看的小猫。

这家姓陈，是广东人。我有个同乡，姓朱，在轮船上结识了她们，母亲和女儿，攀谈起来。我这同乡爱和漂亮女人来往。她的女儿上小学了。女儿很喜欢我，爱跟我玩。母亲有一次在金碧路遇见我们，邀我们上她家喝咖啡。我们去了。这位母亲已经过了三十岁了，人很漂亮，身材高高的，腿很长。她看人眼睛眯眯的，有一种恍恍惚惚的成熟的美。她斜靠在长沙发的靠枕上，神态有点慵懒。在她脚边不远的地方，有一个绣墩，绣墩上一个墨绿色软缎圆垫上卧着一只小白猫。这猫真小，连头带尾只有五六寸，雪白的，白得像一团新雪。这猫也是懒懒的，不时睁开蓝眼睛顾盼一下，就又闭上了。屋里有一盆很大的素心兰，开得正好。好看的女人、小白猫、兰花的香味，这一切是一个梦境。

猫的最大的劣迹是交配时大张旗鼓地嚎叫。有的地方叫做"猫叫春",北京谓之"闹猫"。不知道是由于快感或痛感,郎猫女猫(这是北京人的说法,一般地方都叫公猫、母猫)一递一声,叫起来没完,其声凄厉,实在讨厌。鲁迅"仇猫",良有以也。有一老和尚为其叫声所扰,以至不能入定,乃作诗一首。诗曰:

> 春叫猫儿猫叫春,
> 看他越叫越来神。
> 老僧亦有猫儿意,
> 不敢人前叫一声。

一九九七年三月二十三日

注　释

① 本篇原载《汪曾祺全集》第六卷,北京师范大学出版社,1998年8月。

秘　　书[1]

某首长，爱讲话，而常信马由缰，不知所云。

首长对年轻干部讲学习，说："要学习嘛，要虚心嘛，要虚心学习嘛。要拜老师嘛。不管你有多大本事，也要有老师嘛。毛主席也有老师嘛。毛主席的老师是谁？林则徐嘛！"

林则徐怎会是毛主席的老师呢？——哦，是林伯渠！

他的战友劝他，以后讲话，最好请秘书写个稿。首长觉得很对。

他讲国际形势，秘书在讲稿上写道："国际形势一片大好，不是小好。"写到"不是"，恰到了一页的最后几个字，就加了一个括弧：（接下页），首长照实念了出来："国际形势一片大好不是，接下页，小好！"

他讲阶级斗争的重要性，秘书的稿子上写的是"千万不要忘记阶级斗争"，他念成"千万忘记阶级斗争"，秘书在旁边提醒："不要！不要！"他赶快纠正："千万不要阶级斗争"。秘书叹了一口气："唉！乱了套了！"——"乱了套了！"

"文化大革命"期间时兴在讲话前面引用两句毛主席诗词。他又要讲话，叫秘书赶快写一个讲稿。秘书首先引用两句诗词："四海翻腾云水怒，五洲震荡风雷激。"因为手里正有急事，未写全文，在"四海翻腾"和"五洲震荡"下面各点了三个点，以为这两句家喻户晓，谁都知道，不会有错。讲稿上是这样写的：

  四海翻腾……

  五洲震荡……

首长拿起稿子就念：

  四海翻腾腾腾腾，

  五洲震荡荡荡荡。

注 释

① 本篇原载《汪曾祺全集》第六卷,北京师范大学出版社,1998年8月。

抚今追昔

国　子　监[①]

《北京文艺》叫我写一写国子监。我到国子监去逛了一趟，不得要领。从首都图书馆抱了几十本书回来，看了几天，看得眼花气闷，而所得不多。后来，我去找了一个"老"朋友聊了两个晚上，倒像是明白了不少事情。我这朋友世代在国子监当差，"侍候"过翁同龢、陆润庠、王垿等祭酒[②]，给新科状元打过"状元及第"的旗，国子监生人，今年七十三岁，姓董。

国子监，就是从前的大学。

这个地方原先是什么样子，没法知道了（也许是一片荒郊）。立为国子监，是在元代迁都北城以后，至元二十四年（一二八八），距今约已近七百年。

元代的遗迹，已经难于查考。给这段时间作证的，有两棵老树，一棵槐树，一棵柏树，一在彝伦堂前，一在大成殿阶下。据说，这都是元朝的第一任国立大学校长——国子监祭酒许衡手植的。柏树至今仍颇顽健，老干横枝，婆娑弄碧，看样子还能再活个几百年。那棵槐树，约有北方常用二号洗衣绿盆粗细，稀稀疏疏的披着几根细瘦的枝条，干枯僵直，全无一点血气，已经老得不成样子了，很难断定它是否还活着。——它老早就已经死过一回，死了几十年，有一年不知道怎么又活了。这是乾隆年间的事，这年正赶上是慈宁太后的六十"万寿"，嗬，这是大喜事！于是皇上、大臣，赋诗作记，还给老槐树画了像，全都刻在石头上，着实地热闹了一通。这些石碑，至今犹在。

国子监是学校，除了一些大树，和石碑之外，主要的是一些作为大学校舍的建筑。这些建筑的规模大概是明朝的永乐所创建的（大体依据洪武帝在南京所创立的国子监，而规模似不如原来之大），清朝又改建或修改过。就中修建最多的，是那位站在大清帝国极盛的峰顶，喜武功亦好文事的乾隆。

一进国子监的大门——集贤门，是一个黄色琉璃牌楼。

牌楼之里是一座十分庞大华丽的建筑，这就是辟雍。这是国子监最中心，最突出的一个建筑。这就是乾隆所创建的。辟雍者，天子之学也。天子之学，到底该是个什么样子，从汉朝以来就众说纷纭，谁也闹不清楚。照现在看起来，是在平地上开出一个正圆的池子，当中留出一块四方的陆地，上面盖起一座十分宏大的四方的大殿，重檐，有两层廊柱，盖黄色琉璃瓦，安一个巨大的镏金顶子，梁柱檐饰，皆朱漆描金，透刻敷彩，看起来像一顶大花轿子似的。辟雍殿四面开门，可以洞启。池上围以白石栏杆，四面有石桥通达。这样的格局是有许多讲究的，这里不必说它。辟雍，是乾隆以前的皇帝就想到要建筑一个的，但都因为没有水而作罢了。（据说天子之学必得有水！）到了乾隆，气魄果然是要大些，认为"北京为天下都会，教化所先也，大典缺如，非所以崇儒重道，古与稽而今与居也"（《御制国学新建辟雍园水工成碑记》）。没有水，那有什么关系？下令打了四口井，从井里把水汲上来，从暗道里注入，通过四个龙头（螭首），喷到白石砌就的水池里，于是石池中涵空照镜，泛着潋滟的波光了。二八月里，祀孔释奠之后，他来了，前面钟楼里撞钟，鼓楼里擂鼓，殿前四个大香炉里烧着檀香，他走入讲台，坐上宝座，讲《大学》或《孝经》一章，叫王公大臣和国子监的学生跪在石池的桥边听着，这个盛典，叫做"临雍"。

这"临雍"的盛典，道光嘉庆年间，似乎还举行过，到了光绪，据我那朋友老董说，就根本没有这档子事了。大殿里一年难得打扫两回，月牙河（老董管辟雍殿四边的池子叫做四个"月牙河"）里整年是干的，只有在夏天大雨之后，各处的雨水一齐奔到这里面来。这水是死水，那光景是不难想像的。

然而辟雍殿确实是个美丽的，独特的建筑。北京的有名的建筑，除了天安门、天坛祈年殿那个蓝色的圆顶、九梁十八柱的角楼，应该数到这顶四方的大花轿。

辟雍之后，正面一间大厅，是彝伦堂，是校长——监酒和教务长——司业办公的地方。此外有"四厅六堂"，敬一亭，东厢西厢。四厅是教职员办公室。六堂本来应该是教室，但清朝另于国子监斜对门盖了一些房子作为学生住宿进修之所，叫做"南学"（北方戏文动辄说"一到南学去攻书"，指的即是这个地方），六堂作为考场时似更多些。学生的月考、季考在此举行，每科的乡会试也要先在这里考一天，然后才能到贡院下场。

六堂之中原来排列着一套世界上最重的书，这书一页有三四尺宽，七八尺长，一尺许厚，重不知几千斤。这是一套石刻的十三经，是一个老书生蒋衡一手写出来的。据老董说，这是他默出来的！他把这套书献给皇帝，皇帝接受了，刻在国子监中，作为重要的装点。这皇帝，就是高宗纯皇帝乾隆陛下。

国子监碑刻甚多。数量最多的，便是蒋衡所写的经。著名的，旧称有赵松雪临写的"黄庭"、"乐毅"，"兰亭定武本"，颜鲁公"争座位"，这几块碑不晓得现在还在不在，我这回未暇查考。不过我觉得最有意思，最值得一看的，是明太祖训示太学生的一通敕谕，这是值得写在胡适的《白话文学史》里面去的杰作：

> 恁学生每听着：先前那宋讷做祭酒呵，学规好生严肃，秀才每循规蹈矩，都肯向学，所以教出来的个个中用，朝廷好生得人。后来他善终了，以礼送他回乡安葬，沿路上著有司官祭他。

> 近年著那老秀才每做祭酒呵，他每都怀著异心，不肯教诲，把宋讷的学规都改坏了，所以生徒全不务学，

用著他呵，好生坏事。

如今著那年纪小的秀才官人每来署学事，他定的学规，恁每当依著行。敢有抗拒不服，撒泼皮，违犯学规的，若祭酒来奏著恁呵，都不饶！全家发向烟瘴地面去，或充军，或充吏，或做首领官。

今后学规严紧，若有无籍之徒，敢有似前贴没头帖子，诽谤师长的，许诸人出首，或绑缚将来，赏大银两个。若先前贴了票子，有知道的，或出首，或绑缚将来呵，也一般赏他大银两个。将那犯人凌迟了，枭令在监前，全家抄没，人口发往烟瘴地面。钦此！

这里面有一个血淋淋的故事：明太祖为了要"人才"，对于办学校非常热心。他的办学的政策只有一个字：严。他所委任的第一任国子监祭酒宋讷，就秉承他的意旨，订出许多规条。待学生非常的残酷，学生可有饿死吊死的。学生受不了这样的迫害和饥饿，曾经闹过两次学潮。第二次学潮起事的是学生赵麟，出了一张壁报（没头贴子）。太祖闻知，龙颜大怒，把赵麟杀了，并在国子监立一长竿，把他的脑袋挂在上面示众（照明太祖的语言，是"枭令"）。隔了十年，他还忘不了这件事，有一天又召集全体教职员和学生训话。碑上所刻，就是训话的原文。

这些本来是发生在南京国子监的事，怎么北京的国子监也有这么一块碑呢？想必是永乐皇帝觉得他老大人的这通话训得十分精采，应该垂之久远，所以特在北京又刻了一个复本。是的，这值得一看。他的这篇白话训词比其历朝皇帝的"崇儒重道"之类的话都要真实得多，有力得多。

这块碑在国子监仪门外侧右手，很容易找到。碑分上下两截，下截是对工役膳夫的规矩，那更不得了："打五十竹篦"！"处斩"！"割了脚筋"！……

历代皇帝虽然都似乎颇为重视国子监，不断地订立了许多学规，但是不知道为什么，国子监出的人才并不是那样的多。

《戴斗夜谈》一书中已说北京人把国子监打入"十可笑"之列：

> 京师相传有十可笑：光禄寺茶汤，太医院药方，神乐观祈禳，武库司刀枪，营缮司作场，养济院衣粮，教坊司婆娘，都察院宪纲，国子监学堂，翰林院文章。

国子监的课业历来似颇为稀松。学生主要的功课是读书、写字、作文。国子监学生——监生的肄业、待遇情况各时期都有变革。到清朝末叶，据老董说，是每隔六日作一次文，每一年转堂（升级）一次，六年毕业，学生每月领助学金（膏火）八两。学生毕业之后，大都分发作为县级干部，或为县长（知县）副县长（县丞），或为教育科长（训导）。另外还有一种特殊的用途，是调到中央去写字。（清朝有一个时期光禄寺的面袋都是国子监学生的仿纸做的！）从明朝起就有调国子监善书学生去抄录"实录"的例。明朝的一部大丛书《永乐大典》，清朝的一部更大的丛书《四库全书》的底稿，那里面的端正严谨（也毫无个性）的馆阁体楷书，原来有些就是国子监的高材生的手笔。这种工作，叫做"在誊录上行走"。

国子监监生的身分不十分为人所看重。从明景帝开生员纳粟纳马入监之例以后，国子监的门槛就低了。迨后捐监之风大开，监生就更不值钱了。

国子监是个清高的学府，国子监祭酒是个清贵的官员——京官中，四品而掌印的，只有这么一个。作祭酒的，生活实在颇为清闲，每月只逢六逢一上班，去了之后，当差的在门口喝一声短道,沏上一碗盖碗茶,他到彝伦堂上坐了一阵,给学生出出题目,看看卷子;初一、十五带着学生上大成殿磕头,此外简直没有什么事情。清朝时他们还有两桩特殊任务,一是每年十月初一,率领属官到午门去祇领来年的黄历;一是遇到日蚀、月蚀,穿了素服到礼部和太常寺去"救护",但领黄历一年只一次,日蚀、月蚀,更是难得碰到的事。戴璐《藤阴杂记》说此官"清简恬静",这几个字是下得很恰当的。

但是一般作官的似乎都对这个差事不大发生兴趣。朝廷似乎也知道这种心理,所以除了特殊例外,监酒不上三年就会迁调。这是为什么?因为这个差事没有油水。

查清朝的旧例,祭酒每月的俸银是一百零五两,一年一千二百六十两;外加办公费每月三两,一年三十六两,加在一起,实在不算多。国子监一没人打官司告状,二没有盐税河工可以承揽,没有什么外快。但是毕竟能够养住上上下下的堂官皂役的,赖有一宗相当稳定的银子,这就是每年捐监的手续费——

据朋友老董说,纳监的监生除了要向吏部交一笔钱,领取一张"护照"外,还需向国子监交钱领"监照"——就是大学毕业证书。照例一张监照，交银一两七钱。国子监旧例，积银二百八十两，算一个"字"，按"千字文"数，有一个字算一个字，平均每年约收入五百字上下。我算了算，每年国子监收入的监照银约有十四万两，即每年有八十二三万不经过入学和考试只花钱向国家买证书而取得大学毕业资格——监生的人。这就怪不得《玉堂春》里春锦丫头私通的是一位监生，"定县秧歌"《借女吊孝》里的舅舅也是一位监生，原来这是一种比乌鸦还要多的东西！这十四万两银子照国家规定是不上缴的，由国子监官吏皂役按份摊分。祭酒每一"字"分十两，那么一年约可收入五千银子，比他的正薪要多得多。其余司业以下各有差。据老董说，连他一个"字"也分五钱八分，一年也从这一项上收入二百八九十两银子！

老董说，国子监还有许多定例。比如，像他，是典籍厅的刷印匠，管给学生"做卷"——印制作文用的红格本子，这事包给了他，每月例领十三两银子。他父亲在时还会这宗手艺，到他时则根本没有学过，只是到大栅栏口买一刀毛边纸，拿到琉璃厂找铺子去印，成本共花三两，剩下十两，是他的。所以，老董说，那年头，手里的钱花不清——烩鸭条才一吊四百钱一卖！至于那几位"堂皂"，就更不得了了！单是每科给应考的举子包"枪手"（这事值得专写一文），就是一笔大财。那时候，当差的都兴喝黄酒，街头巷尾都是黄酒馆，跟茶馆似的，就是专为当差的预备着的。所以，像国子监的差事也都是世袭。这是一宗产业，可以卖，也可以顶出去！

老董的记性极好，我的复述倘无错误，这实在是一宗未见载录的珍贵史料。我所以不惮其烦的缕写出来，用意是在告诉比我更年轻的人，封建时代的经济、财政、人事制度，是一个多么古怪的东西！

国子监的隔壁，是孔庙——先师庙，这叫做"左庙右学"，是历来的制度。其实这不能说是隔壁，因为当中是通着的。

孔庙主要的建筑是大成殿。大成殿里供着一些牌位，最大的一个是"至圣先师"，另外还有"四配"——颜（回）、曾（参）、（子）思、孟（轲），殿下的两庑则供着七十二贤和经过皇上批准的历代的儒臣。

大成殿经常是空闲着的，除了初一十五祭酒率领员生来跪拜一趟之外，一年只春秋大祭热闹两回。老董说：到时候（二八月第一个逢丁的日子的前一日），太常寺发来三十头牛，三十二口猪，一对鹿，四个小兔子，点验之后，洗剥了，先入库——旧例，由大兴县供应几十担冰，把汤猪汤牛全都冰在库房里，到了夜里十二点，喝令一声"上牲"！这就供起来。孔夫子面前有一头整牛，一口整猪，都放在一个大木槽子里。七十二贤面前则是几个碟子，供点子牛肉片、猪肉片、鹿肉兔肉片，还有点子芹菜、榛子……到了后半夜，都上齐了，皇上照例要派一个人来检查一下，叫做"视笾豆"。他这一走，庙里的庙户（看孔庙的工役叫庙户）马上就拿刀，整块的拉牛肉，整块的拉猪油。到了第二天清早，皇上来祭祀了，那整猪、整牛就剩下一张空皮了，当中弄点子筷子什么的支着。皇上来了，奏乐，磕头！他哪儿会瞧得出来，猪啦牛啦的都是个空架子啊！

听说当贤人圣人，常常得吃冷猪肉。若照老董说起来，原来冷猪肉也是吃不着的，只有猪肉皮可以啃！从前不管多么庄重隆重的礼节，背后原来都是一塌胡涂。

关于孔庙，我知道的，只这些。

国子监，现在已经作为首都图书馆的馆址。全部房屋，包括辟雍，都已经修饰一新。原来的六堂，是阅览室和书库（蒋衡写的十三经只好请到馆右夹道中落脚），原来的四厅大都作为图书馆的办公室，彝伦堂则是一个相当理想的展览馆。图书馆大体已经筹措就绪，专题研究室已经开放，几排长桌上已经坐了不少同志在安静地用功；其余各室，只等暖气装齐或气候稍暖，即可开放——首都图书馆的老底子是头发胡同的北京市图书馆，即原先的通俗图书馆——由于鲁迅先生的倡议而成立，鲁迅先生曾经襄赞其事、并捐赠过书籍的图书馆；前曾移在天坛，因为天坛地点逼仄，又挪到这里了。首都图书馆藏书除原头发胡同的和解放后新买的之外，主要为原来孔德学校和法文图书馆的藏书。就中最具特色，在国内搜藏较富的，是鼓词俗曲。

辟雍，那个华丽宏伟的大花轿，据图书馆馆长刘德元同志告诉我，将作为群众活动的场所，四边的台阶石桥上准备卖茶。月牙河内要放上水，水里置盆栽荷花，养金鱼，安水泵，使成活水。现在是冬天，但是我完全同意刘馆长的话，这在夏天是个十分清凉舒适的地方。茶馆如果开了，我一定来坐上半天，一边把我看过的几十本关于国子监的书和老董的话再温习一次，一边看看在槐树柏树之下来往行走的我的同一代的人。我要想想历史,想想我的亲爱的国家。

注　释

① 本篇原载《北京文艺》1957年三月号;初收《汪曾祺自选集》,漓江出版社,1987年10月,有删改。

② 汪曾祺后致信《北京文艺》编辑部,此说失实。

旅途杂记[①]

半坡人的骨针

我这是第二次参观半坡,不像二十年前第一次参观时那样激动了。但我还是相当细致地看了一遍。房屋的遗址、防御野兽的深沟、烧制陶器的残窑、埋葬儿童的瓮棺……我在心里重复了二十年前的感慨——平平常常的、陈旧的感慨:我们的祖先就是这样生活下来的,他们生活得很艰难——也许他们也有快乐。人就是这样生活过来的。生活是悲壮的。

在文物陈列室里我看到石锛。我们的祖先就是用这种完全没有锋刃,几乎是浑圆的石锛劈开了大树。

我看到两根骨针。长短如现在常用的牙签,微扁,而极光滑。这两根针大概用过不少次，缝制过不少件衣裳——那种仅能蔽体的、粗劣的短褐。磨制这种骨针一定是很不容易的。针都有鼻。一根的针鼻是圆的；一根的略长，和现在用的针很相似。大概略长的针鼻更好使些。

针是怎样发明的呢？谁想出在针上刻出个针鼻来的呢？这个人真是一个大发明家，一个了不起的聪明人。

在招待所听几个青年谈论生活有没有意义，我想，半坡人是不会谈论这种问题的。

生活的意义在哪里？就在于磨制一根骨针，想出在骨针上刻个针鼻。

兵马俑的个性

头一个搞兵马俑的并不是秦始皇。在他以前，就有别的王者，制造过铜的或是瓦的一群武士，用来保卫自己的陵墓。不过规模都没有这样大。搞了整整一师人，都与真人等大，密匝匝地排成四个方阵，这样的事，只有完成了"六王毕，四海一"的大业的始皇帝才干得出来。兵马俑确实很壮观。

面对着这样一个瓦俑的大军,我简直不知道对秦始皇应该抱什么感情。是惊叹于他的气魄之大?还是对他的愚蠢的壮举加以嘲笑?

俑之上,原来据说是有建筑的,被项羽的兵烧掉了。很自然的,人们会慨叹:"楚人一炬,可怜焦土"。

有人说始皇陵兵马俑是世界第八奇迹。

单个地看,兵马俑的艺术价值并不是很高。它的历史价值、文物价值,要比艺术价值高得多。当初造俑的人,原来就没有把它当作艺术作品,目的不在使人感动。造出后,就埋起来了,当时看到这些俑的人也不会多。最初的印象,这些俑,大都只有共性,即使是一个兵,没有很鲜明的个性。其实就是对于活着的士卒,从秦始皇到下面的百夫长,也不要求他们有什么个性,有他们的个人的思想、情绪。不但不要求,甚至是不允许的。他们只是兵,或者可供驱使来厮杀,或者被"坑"掉。另外,造一个师的俑,要来逐一地刻划其性格,使之互相区别,也很难。即或是把米盖朗琪罗请来,恐怕也难于措手。

我很怀疑这些俑的身体是用若干套模子扣出来的。他们几乎都是一般高矮。穿的服装虽有区别(大概是标明等级的），但多大同小异。大部分是短褐，披甲，著裤，下面是一色的方履。除了屈一膝跪着的射手外，全都直立着，两脚微微分开，和后来的"立正"不同。大概那时还没有发明立正。如果这些俑都是绷直地维持立正的姿势，他们会累得多。

但是他们的头部好像不是用模子扣出来的。这些脑袋是"活"的，是烧出来后安上去的。当初发掘时，很多俑已经身首异处；现在仍然可以很方便地从颈腔里取下头来。乍一看，这些脑袋都大体相似，脸以长圆形的居多，都梳着偏髻，年龄率为二十多岁，两眼平视，并不木然，但也完全说不上是英武，大都是平静的，甚至是平淡的，看不出有什么痛苦或哀愁——自然也说不上高兴。总而言之，除了服装，这些人的脸上寻不出兵的特征，像一些普通老百姓，"黔首"，农民。

但是细看一下，就可以发现他们并不完全一样。

有一个长了络腮胡子的，方方的下颏，阔阔的嘴微闭着，双目沉静而仁慈，看来是个老于行伍的下级军官。他大概很会带兵，而且善于驭下，宽严得中。

有一个胖子，他的脑袋和身体都是圆滚滚的（他的身体也许是特制的，不是用模子扣出来的），脸上浮着憨厚而有点狡猾的微笑。他的胃口和脾气一定都很好，而且随时会说出一些稍带粗野的笑话。

有一个的双颊很瘦削，是一个尖脸，有一撮山羊胡子。据说这样的脸在现在关中一带的农民中还很容易发现。他也微微笑着，但从眼神里看他在深思着一件什么事情。

有人说，兵马俑的形象就是造俑者的形象，他们或是把自己，或是把同伴的模样塑成俑了。这当然是推测。但这种推测很合理。

听说太原晋祠宋塑宫女的形象即晋祠附近少女的形象，现在晋祠附近还能看到和宋塑形态仿佛的女孩子。

我于是生出两种感想。

塑像总是要有个性的。即便是塑造兵马俑，不需要，不要求有个性，但是造俑者还是自觉、不自觉地，多多少少地赋予了他们一些个性。因为他塑造的是人，人总有个性。

塑像总是有模特儿的。他塑造的只能是他见过的人，或是熟人，或是他自己。凭空设想，是不可能的。

任何艺术，想要完全摆脱现实主义，是几乎不可能的事。

三 苏 祠

三次游杜甫草堂,都没有留下多少印象。

这是一个公园,不是一个祠堂。

杜甫的遗迹,一样也没有。

有很多竹木盆景,很多建筑。到处是对联、题咏,时贤的字画。字多很奔放;画多大写意,著色很浓重。

好像有很多人一齐大声地谈论着杜甫,但是看不到杜甫本人,感觉不到他的行动气息、声音笑貌。

眉山的三苏祠要好一些。

三苏祠以宅为祠。苏东坡文云:"家有五亩之园",今略广,占地约八亩。房屋当然是后来重盖了的,但是当日的布局,依稀可见。有一口井,据说还是苏氏的旧物。井栏是这一带常见的红砂石的。井里现在还能打上水来。一侧有一棵荔枝树。传说苏东坡离家的时候,乡人种了一棵荔枝,约好等东坡回来时一同摘食。东坡远谪,一直没有吃上家乡的荔枝。当年的那棵荔枝早已死了,现存的据说是明朝人补栽的,也已经枯萎了,正在抢救。这些都是有纪念意义的。

东边有一个版本陈列室,搜罗了自元版至现在的铅字排印的东坡集的各种版本,虽然并不齐全,但是这种陈列思想,有足取者。

由眉山往乐山的汽车中,"想"了一首旧体诗:

> 当日家园有五亩,
> 至今文字重三苏。
> 红栏旧井犹堪汲,
> 丹荔重栽第几株?

伏小六、伏小八

大足的唐宋摩崖石刻是惊人的。

十二圆觉,刻得极细致。袈裟衣带静静地垂着,但是你感觉得到其间有一丝微风在轻轻地流动。不像一般的群像(比如罗汉)强调其间的异,这十二尊像强调的是同。他们的年貌、衣著、坐态都差不多。他们都在沉思默念。但是从其眼梢嘴角,看得出其会心处不尽相同。不怕其相同,能于同中见异,十二尊像造成一个既生动又和谐的整体,自是大手笔。

我看过很多千手观音。除了承德的木雕大佛，总觉得不大自然。那么多的细长的手臂长在一个"人"的肩背上，违反常理，使人很不舒服。大足的千手观音另辟蹊径。他的背上也伸出好几只手，但是看来是负担得起的。这几只手之外，又伸出好多只手。据说某年装金时曾一只一只的编过号，一共有一千零七只（不知道为什么是一个单数）。手具各种姿态，或正、或侧、或反，或似召唤，或似慰抚，都很像人的手，很自然，很好看。一千零七只手，造成一个很大的手的佛光。这些手是怎样伸出来的，全不交待。但是你又觉得这都是观音的手，是和观音都有联系的，其联系处不在形，而在意。构思非常巧妙。

释迦涅槃像，即通常所说的卧佛。释迦面部极为平静，目微睁，显出无爱无欲，无生亦无死。像长三十余米，但只刻了释迦的头和胸。肩手无交待。下肢伸入岩石，不知所终。释迦前，刻了佛弟子，有的冠服似中土产，有一个科头鬈发似西方人。他们都在合十赞诵，眉尖微蹙，稍露愁容。这些子弟并不是整齐地排成一列，而是有正面的，有反面的，有朝左的，有朝右的，距离也不相等。他们也只露出半身，腹部以下，在石头里，也不知所终。于有限的空间造无限的境界，形有尽，意无穷，雕刻这一组佛像的是一个气魄雄伟的匠师！他想必在这一壁岩石之前徘徊坐卧了好多个日夜！普贤像被人称为东方的维纳斯。

数珠手观音被称为媚态观音，全身的线条都非常柔软。

佛教的像原来也是取形于人的，但是后来高度升华起来了。仅修得阿罗汉果的自了汉还一个一个都有人的性格，菩萨以上，就不复再是"人"了。他们不但抛弃了人的性格，连性别也分不清了。菩萨和佛，都有点女性的美。

大足石刻是了不起的艺术。

中国的造像人大都无姓名可查。值得庆幸的是大足石刻有一些石壁上刻下了造像的匠师的姓名。他们大都姓伏。他们的名字是卑微的：伏小六、伏小八……他们的事迹都无可考了，然而中国美术史上无疑地将会写出这样一篇，题目是：《伏小六、伏小八》。

看了大足石刻，我想起一路上看到一些纪念性的现代塑像李冰父子、屈原、杜甫、苏东坡、杨升庵……好像都差不多。这些塑像塑的都不太像古人。为什么我们的雕塑家不能从大足石刻得到一点启发呢？

注　释

①　本篇原载《新观察》1982年第十四期；初收《蒲桥集》，作家出版社，1989年3月。

八 仙[①]

我的老师浦江清先生（他教过我散曲）曾写过一篇《八仙考》。这是国内讲八仙的最完备的一篇文章。本文的材料都是从浦先生的文章里取来的，可以说是浦先生文章的一个缩写本。所以要缩写，是因为我对八仙一直很有兴趣，而浦先生的文章见到的人又不很多。当然也会间出己意，说一点我的看法。

小时候到一个亲戚家去拜寿。是这家的老太爷的整生日，很热闹，寿堂布置得很辉煌。最使我发生兴趣的是供桌上一堂"八仙人"。泥塑的头，衣服是绢制的，真是栩栩如生，好看极了。我看了又看，舍不得离开。

八仙的形成大概在宋元之际。最初好像出现在戏曲里。

元人杂剧如马致远《吕洞宾三醉岳阳楼》、谷子敬《吕洞宾三度城南柳》、岳伯川《吕洞宾度铁拐李岳》、范子安《陈季卿误上竹叶舟》，都提到八仙，只是八仙的名单与后世稍有出入。明初的周宪王《诚斋杂剧》中《群仙庆寿蟠桃会》第四折毛女唱：

> （水仙子）这个是吕洞宾手把太阿携。这个是蓝采和身穿绿道衣。这个是汉钟离头挽双髽髻。这个是曹国舅拿着笊篱。这个是韩湘子将造化能移。这个是白髭髯唐张果。这个是皂罗衫铁拐李。这个是徐神翁喜笑微微。

除了缺一名何仙姑（多了一位徐神翁），与今天流传的已无区别。稍后，八仙出现在绘画里。王世贞《题八仙像后》云："八仙者，钟离、李、吕、张、蓝、韩、曹、何也。不知其会所由始，亦不知其画所由始。余所睹仙迹及图史亦详矣，凡元以前无一笔，而我明如冷起敬、吴伟、杜堇稍有名矣亦未尝及之。"更后，八仙就成为工艺美术的重要题材，凡瓷器、木雕、漆画、泥塑、面人、刺绣、剪纸，无不有八仙。不但八仙的形象为人熟悉，就是他们所持的

"道具"，大家也都一望就知道：汉钟离的芭蕉扇、吕洞宾的宝剑、张果老的渔鼓简板、韩湘子的笛子、蓝采和的花篮、何仙姑的荷花、铁拐李的葫芦、曹国舅的拍板。这八样东西成了八位仙人的代表。这在工艺上有个专用名称，叫做"小八仙"。"小八仙"往往用飘舞的绸带装饰，这样才好看，也才有仙意。我曾在内蒙的一个喇嘛庙的墙壁上看到堆塑出来的"小八仙"，这使我很为惊奇了：八仙和喇嘛教有什么关系呢？后来一想：大概修庙的工匠是汉人，他就不管三七二十一，把他所熟悉的装饰图样安到喇嘛庙的墙上来了。喇嘛们也不知道这是什么东西，糊里糊涂地就接受了。于此可见八仙影响之广。中国人不认得八仙的大概很少。"八仙过海，各显其能"，"一个人唱不了《八仙庆寿》"已经成为家喻户晓的民间俗话。如果没有八仙，中国的民间工艺就会缺了一大块，中国人的精神生活也会缺了一块。

八仙是一个仙人集体，一个八人小组。但是他们之间其实没有多大关系。他们不是一个时代，也不是一个地方的人。他们不是一同成仙得道的。他们有个别的人有师承关系，如汉钟离和吕洞宾，吕洞宾和铁拐李，大多数并没有。比如何仙姑和韩湘子，可以说毫不相干。不知道这八位是怎样凑到一起的。因此像王世贞那样有学问的人，也"不知其会所由始"。

这八位，原来都是单个的仙人。

张果老比较实在，大概曾经有过这样一个人，其人见于正史，他是唐玄宗时人，隐于中条山，应明皇诏入朝，道号通玄先生。《旧唐书》、《新唐书》皆入方士传。但是所录亦已异常。他的著名故事是骑驴。他乘一白驴，日行万里，休则折叠之，其厚如纸，置于巾箱中，乘则以水噀之，还成驴矣。这怎么可能呢？然而它分明写在"正史"里！大概唐玄宗好道，于是许多奇奇怪怪，不近情理的事，虽史臣也不得不相信。这以后，张果老和驴遂分不开了。单幅的张果画像，大都骑驴。若是八仙群像，他大都也是地下走，因为画驴太占地方。别人都走着，他骑驴，也未免特殊化。单幅画张果老，往往画他倒骑毛驴。这实在是民间的一大创造。毛驴倒骑，咋走呢？这大概是有寓意的。倒骑，表示来去无定向，任凭毛驴随意地走，走到哪里算哪里，这样显出仙人的洒脱；另外，倒骑，是向后看。不看前而看后，有一点哲学的意味了。总之张果老倒骑毛驴，是可以使老百姓失笑，并且有所解悟的。至于此老何时从赵州桥上过，并在桥石上留下一串驴蹄的印迹，则不可考。"张果老骑驴桥上走"，《小放牛》的歌声传唱了有多少年了？

八仙里最出风头的是吕洞宾。吕洞宾据说名巖，大概是残唐五代时的人，读过书，屡举进士不第，后来学了道。元曲里关于他的仙迹特多，大都是度人。他后来，到了元朝，被王重阳创立的全真教（全真教为道教的一派，即北京的白云观邱处机所信奉的那一派）的宗师，地位很高了。不少地方都有他的专祠。山西的永乐宫就是他的专祠之一。著名的永乐宫壁画，画的就是此公的事迹。他俨然成了八人小组的小组长。他的出名是在岳州，即今岳阳。岳阳楼挹洞庭之胜，加以范仲淹作记，名重天下。"先天下之忧而忧，后天下之乐而乐"，千古名句。于是有人造出仙迹，说是吕洞宾曾在城南古寺留诗。诗共两首，被人传诵的是：

朝游鄂渚暮苍梧，
袖有青蛇胆气粗。
三醉岳阳人不识，
朗吟飞过洞庭湖。

诗写得真不赖，于仙风道骨之中含豪侠之气。但也有人怀疑这是江湖间人乘醉而作的奇纵之笔，未必真是仙迹。他的出名和汤显祖的《邯郸梦》很有关系。《三醉》一折慷慨淋漓，声容并茂，是冠生的名曲。民间流传他曾三戏白牡丹，在他的形象上加了一笔放荡的色彩。总之，他是一位风流倜傥的仙人，很有诗人气质。他的诗人气质是为老百姓所理解的，并且是欣赏的。

何仙姑一说是广州增城人，一说是永州人，总之是南方人，——她和张果老交谈大概是相当费事的。十四五岁时梦见神人教她食云母粉，一说是遇到仙人给了她枣子吃，一说是给了她桃子吃，于是"不饥无漏"。既不要吃东西，又不用解大小便，实在是省事得很。一说给她桃子吃的就是吕洞宾。她的本事只是能"言人休咎"。没有什么稀奇。她的出名和汤显祖也是有关系的。汤显祖《邯郸梦》写吕洞宾度卢生，即有名的"黄粱梦"故事。吕度卢生，事出有因。东华帝君敕修蓬莱山门，门外蟠桃一株，时有浩劫刚风，等闲吹落花片，塞碍天门。先是，吕洞宾度得何仙姑在天门扫花，后奉帝君旨，何姑证入仙班，需再找一人，接替何姑扫花之役，吕洞宾这才往赤县神州去度卢生。何仙姑扫花，纯粹是汤显祖想象出来的，以前没有人这样说过。不过《扫花》一折，词曲俱美，于是便流传开了。何仙姑送吕洞宾下凡，叮咛嘱咐，叫他早些回来，使人感到有一种说不出来的感情。"错教人遗恨碧桃花"，这说的是什么呢？腔也很软，很绵缠的。

汉钟离说不清是汉朝人还是唐朝人。一般都说他复姓钟离，名权。他是个大汉，梳着两个髽髻，"虬髯蓬鬓，睥睨物表"，相貌长得很不错。据说他会写字，写的字当然是龙飞凤舞，飘飘然很有仙人风度。他不知怎么在全真教的系统上变为东华帝君的大弟子，纯阳吕真人之师。到元世祖至元六年封赠"正阳开悟传道真君"，元武宗至大元年加赠"正阳开悟垂教帝君"，头衔极阔。但是实际上他并无任何事迹可传。他为什么拿一把芭蕉扇？大概是因为他块儿大，怕热。

现在画里的蓝采和是个小孩子，很秀气，在戏里是用旦角扮的，以致赵瓯北竟以为他是女的，这实在是一大误会。

他的事迹最早见于沈汾的《续仙传》。沈氏原传略云："蓝采和不知何许人也。常衣破蓝衫，六銙黑木腰带阔三寸余，一脚著靴，一脚跣行。夏则衫内加絮，冬则卧于雪中，气出如蒸。每行歌于城市乞索，持大拍板长三尺余。……行则振靴，言曰：'踏踏歌，蓝采和，世界能几何？红颜一春树，流年一掷梭！古人混混去不返，今人纷纷来更多。朝骑鸾凤到碧落，暮见桑田生白波。长景明晖在空际，金银宫阙高嵯峨。'……"。大概此人本是一个行歌的乞者。他用"踏踏歌，蓝采和"作为歌曲的开头，是可能的。"蓝采和"是没有意义的泛声，类似近世的"呀呼嗨"。沈汾所录歌词一看就是文人的手笔。浦先生说："好事者目为神仙，文人足成乐府"，极有见地。此人的相貌装束原本是相当邋遢的，后来不知怎么变俊了。他的大拍板也借给别人了，却给他手里塞了一个花篮。为什么派给他一个花篮，大概后人以为他姓蓝或篮，正如让何仙姑手执一朵荷花一样。

八仙里铁拐李的形象最为奇特。他架着单拐，是个跛子。他的来历有两种说法。元人杂剧以为他本姓岳，名寿，在郑州做都孔目，因忤韩魏公惊死，吕洞宾使他借李屠的尸首还了魂,度登仙箓。《东游记》则说他姓李名玄,得道以后,离魄朝山,命他的徒弟守尸,说明七天回来,而其徒守到六天,母亲病了,他要回家,就把李玄的尸首焚化了。李玄没法,只好借一饿殍还魂。总之,他原来不是这模样。现在的铁拐李具有二重性:别人的躯壳,他的灵魂。一个人借了别人的躯体而生活着,这将如何适应呢,实在是难以想象。

又有一说,他本来就跛,他姓刘。赵道一《真仙通鉴》有其传,略云:"刘跛子,青州人也,拄一拐,每一岁,必一至洛中看花。……陈莹中素爱之,作长短句赠之曰:'槁木形骸,浮云生世,一年两到京华。又还乘兴,闲看洛阳花。闻道鞓红最好,春归后,终委泥沙。忘言处,花开花谢,不似我生涯。年华,留不住,饥餐困卧,触处为家。这一轮明月,本自无瑕。随分冬裘夏葛,都不会赤火黄芽。谁知我,春风一拐,谈笑有丹砂。'"春风一拐",大是妙语!至于他怎么又姓了李呢,那就不晓得了。吁,神仙之事,难言之矣!

韩湘子是韩愈的侄子或侄孙。他的奇迹是"能开顷刻花"。他曾当着韩愈，取土以盆覆之，良久花开，乃碧花二朵，似牡丹差大，于花间拥出金字一联云："云横秦岭家何在，雪拥蓝关马不前"。韩愈不解是什么意思。后来韩愈以谏佛骨事贬潮州，一日途中遇雪，有一人冒雪而来，乃湘子也。湘子说："还记得花上句么，就是说的今天的事。"韩愈问这是什么地方，正是蓝关。韩文公嗟叹久之，说："我给你把诗补全了吧！"诗曰："一封朝奏九重天，夕贬潮阳路八千。本为圣朝除弊事，岂将衰朽惜残年？云横秦岭家何在，雪拥蓝关马不前。知汝远来应有意，好收吾骨瘴江边。"

元曲里有《蓝关记》。大概此类剧本还不少。韩文公是被韩湘子度脱的。韩愈一生辟佛，也不会信道，说他得度，实在冤枉。此类剧本，未免唐突先贤，因此臧晋叔的《元曲选》里不收。

八仙里顶不起眼的，是曹国舅。他几乎连一个名字都没有。有人查出，他大概叫曹佾。因为他是宋朝人，宋朝当国舅的只有这么一个曹佾。但是老百姓并不知道，多数老百姓连这个"佾"字也未必认识（这个字字形很怪）！他有什么事迹么？没有的。只知道"美仪度"，手里拿一个笊篱，化钱度日。用笊篱化钱，不知有什么讲究。除了曹国舅，别人好像没有这样干过。笊篱这东西和仙人实在有点"不搭界"，拿在手里也不大好看，南方人甚至有人不知道这是啥物事，于是便把蓝采和的大拍板借给他了，于是他便一天到晚唱曲子，蛮写意。

八仙的形象为什么流传得这样广？

八仙的形成与戏曲是有关系的。元代盛行全真教，全真教几乎成了国教。元曲里有"神仙道化"一科，这自然是受了全真教的影响。八仙和全真教的关系是密切的（吕洞宾、汉钟离都是祖师），但又不是那么十分密切。传说中的八仙故事和全真教的教义——以"澄心定意、抱元守一、存神固气"为"真功"，"济贫拔苦、先人后己、与物无私"为"真行"，实在说不上有多少内在的联系。对八仙有感情的人未必相信全真教。在全真教已经不很盛行的时候，八仙的形象也并没有失去光彩。这恐另有原因在。

原来这和祝寿是很有关系的。中国人的生活理想很重要的一条是长寿——不死。中国人是现实的，他们原来不相信天国，也不信来生，他们只愿意在现世界里多活一些时候，最好永远地活下去。理想的人物便是八仙。八仙有一个特点，即他们都是"地仙"，即活在地面上的神仙，也就是死不了的活人。他们是不死的，因此请他们来为生人祝寿，实在是最合适不过。八仙戏和庆寿关系很密切。胡应麟《少室山房笔丛》考八仙云："今所见庆寿词尚是元人旧本"。周宪王编过两本庆寿剧。其《瑶池会八仙庆寿》第四折吕洞宾唱：

（水仙子）汉钟离遥献紫琼钩。张果老高擎千岁韭。蓝采和漫舞长衫袖。捧寿面的是曹国舅。岳孔目这铁拐挂护得千秋。献牡丹的是韩湘子。进灵丹的是徐信守。贫道呵，满捧着玉液金瓯。

这唱的是给王母娘娘祝寿，实际上是给这一家办生日的"寿星"祝寿。我的那家亲戚的寿堂供桌上摆设着八仙人，其意义正是如此。

活得长久，当然很好。但如果活得很辛苦，那也没有多大意思，成了"活受"。必须活得很自在，那才好。谁最自在？神仙。"自在神仙"，"神仙"和"自在"几乎成了同义语。你瞧瞧八仙,那多自在啊!他们不用种地,不用推车挑担,也不用买卖经商,云里来,雾里去,扇扇芭蕉扇,唱唱曲子,吹吹笛子,耍耍花篮……他们不忧米盐,只要吃点鲜果,而且可以"不饥无漏",嘿,那叫一个美,真是"神仙过的日子"!咱们凡人怎么能到得这一步呀!我简直地说:八仙是我们这个劳苦的民族对于逍遥的生活的一种缥缈的向往。我们的民族太苦了啊,你能不许他们有一点希望吗?我每当看到陕北剪纸里的吕洞宾或铁拐李,总是很感动。陕北呀,多苦呀,然而他们向往着神仙。因此,我不认为八仙在我们的民族心理上是一个消极的因素。

八仙何以是这八位?这没有什么道理可讲。中国人对数字有一种神秘观念,八是成数,即多数。以八聚人,是中国人的习惯。陶渊明《圣贤群辅录》列举了很多"八",八这个,八那个。古代的道教里大概就有八仙。四川有"蜀八仙"。杜甫有《饮中八仙歌》。既云"饮中八仙",当还有另外的八仙。到了元朝以后,因为已经有了这几位仙人的单独的故事流传,数一数,够八个了,便把他们组织了起来。把他们组织在一起,是为了画面的好看,王世贞《题八仙像后》云:"意或庸妄画工,合委巷丛俚之谈,以是八公者,老则张,少则蓝、韩,将则钟离,书生则吕,贵则曹,病则李,妇女则何,为各据一端作滑稽观耶!""各据一端作滑稽观",这揣测是近情理的。这八个人形象不同,放在一起,才能互相配衬,相得益彰。王世贞说这是"庸妄画工"搞出来的。"庸妄画工",说得很不客气。但这是民间艺人的创造,则似可信。这组群像不大像是画院的待诏们的构思。也许这最初是戏曲演员弄出来的,为了找到各自不同的扮相。八仙究竟是先出现于戏曲,还是先出现于民间绘画呢?这不好说。我倾向于先出现于戏曲。不过他们后来成为工艺美术的重要题材,戏曲里反而不多见了,则是事实。

八仙在美术上的价值似不如罗汉。除了张果老、吕洞宾、铁拐李,个性都不很突出。就中最值得注意的是铁拐李。宋元人画单幅的仙人图以画铁拐李的为多,他的形象实在很奇特:浓眉,大眼,大鼻子,秃头,脑后有鬤发,下巴上长了一丛乱七八糟的连鬓胡子,驼背,赤足,架着一支拐,胳臂和腿部的肌肉都很粗壮,长了很多黑毛,手指头脚趾头都很发达。他常常背了一个大葫芦,葫芦口冒出一股白气,白气里飞着几个红蝙蝠,他便瞪大了眼睛瞧着这几个蝙蝠。他是那样丑，又那样美；那样怪，又那样有人情。中国的神、仙、佛里有几个是很丑而怪的。铁拐李和罗汉里的宾头卢尊者、钟馗以及后来的济公，属于一类。以丑为美，以怪为美，这在中国人的审美观念里是一个值得研究的现象。

一九八五年八月十八日

注　释

① 本篇原载《汪曾祺全集》第三卷，北京师范大学出版社，1998年8月。

香 港 的 鸟[①]

早晨九点钟,在跑马地一带闲走。香港人起得晚,商店要到十一点才开门,这时街上人少,车也少,比较清静。看见一个人,大概五十来岁,手里托着一只鸟笼。这只鸟笼的底盘只有一本大三十二开的书那样大,两层,做得很精致。这种双层的鸟笼,我还是头一次见到。楼上楼下,各有一只绣眼。香港的绣眼似乎比内地的更为小巧。他走得比较慢,近乎是在散步。——香港人走路都很快,总是匆匆忙忙,好像都在赶着去办一件什么事。在香港,看见这样一个遛鸟的闲人,我觉得很新鲜,至少他这会儿还是清闲的,——也许过一个小时他就要忙碌起来了。他这也算是遛鸟了,虽然在林立的高楼之间,在狭窄的人行道上遛鸟,不免有点滑稽。而且这时候遛鸟,也太晚了一点。——北京的遛鸟的这时候早遛完了,回家了。莫非香港的鸟也醒得晚?

在香港的街上遛鸟,大概只能用这样精致的双层小鸟笼。像徐州人那样可不行。——我忽然想起徐州人遛鸟。徐州人养百灵,笼极高大,高三四尺(笼里的"台"也比北京的高得多),无法手提,只能用一根打磨得极光滑的枣木杆子作扁担,把鸟笼担着。或两笼,或三笼、四笼。这样的遛鸟,只能在旧黄河岸,慢慢地走。如果在香港,担着这样高大的鸟笼,用这样的慢步遛鸟,是绝对不行的。

我告诉张辛欣,我看见一个香港遛鸟的人,她说:"你就注意这样的事情!"我也不禁自笑。

在隔海的大屿山,晨起,听见斑鸠叫。艾芜同志正在散步,驻足而听,说:"斑鸠。"意态悠远,似乎有所感触,又似乎没有。

宿大屿山,夜间听见蟋蟀叫。

临离香港,被一个记者拉住,问我对于香港的观感。匆促之间,不暇细谈,我只说:"眼花缭乱,应接不暇",并说我在香港听到了斑鸠和蟋蟀,觉得很亲切。她问我斑鸠是什么,我只好摹仿斑鸠的叫声,她连连点头。也许她听不懂我的普通话,也许她真的对斑鸠不大熟悉。

香港鸟很少，天空几乎见不到一只飞着的鸟，鸦鸣鹊噪都听不见。但是酒席上几乎都有焗禾花雀和焗乳鸽。香港有那么多餐馆，每天要消耗多少禾花雀和乳鸽呀？这些禾花雀和乳鸽是哪里来的呢？对于某些香港人来说，鸟是可吃的，不是看的，听的。

　　城市发达了，鸟就会减少。北京太庙的灰鹤和宣武门城楼的雨燕现在都没有了。但是我希望有关领导在从事城市建设时，能注意多留住一些鸟。

注　释

① 本篇原载 1986 年 3 月 30 日《光明日报》；初收《蒲桥集》，作家出版社，1989 年 3 月。

桥边散文[①]

午门忆旧

北京解放前夕,一九四八年夏天到一九四九年春天,我曾到午门的历史博物馆工作过一段时间。

午门是紫禁城总体建筑的一个重要的组成部分。这是故宫的正门,是真正的"宫门"。进了天安门、端门,这只是宫廷的"前奏",进了午门,才算是进了宫。有午门,没有午门,是不大一样的。没有午门,进天安门、端门,直接看到三大殿,就太敞了,好像一件衣裳没有领子。有午门当中一隔,后面是什么,都瞧不见,这才显得宫里神秘庄严,深不可测。

午门的建筑是很特别的。下面是一个回形的城台。城台上正面是一座九间重檐庑殿顶的城楼；左右有重檐的方亭四座。城楼和这四座正方的亭子之间，有廊庑相连属，稳重而不笨拙，玲珑而不纤巧，极有气派，俗称为"五凤楼"。在旧戏里，五凤楼成了皇宫的代称。《草桥关》里姚期唱道："到明天陪王伴驾在那五凤楼"，《珠帘寨》里程敬思唱道："为千岁懒登五凤楼"，指的就是这里。实际上姚期和程敬思都是不会登上五凤楼的。楼不但大臣上不去，就是皇帝也很少上去。

午门有什么用呢？旧戏和评书里常有一句话："推出午门斩首！"哪能呢！这是编戏编书的人想象出来的。午门的用处大概有这么三项：一是逢什么大典时，皇上登上城楼接见外国使节。曾见过一幅紫铜的版刻，刻的就是这一盛典。外国使节、满汉官员，分班肃立，极为隆重。是哪一位皇上，庆的是何节日，已经记不清了。其次是献俘。打了胜仗（一般都是镇压了少数民族），要把俘虏（当然不是俘虏的全部，只是代表性的人物）押解到京城来。献俘本来应该在太庙。《清会典·礼部》："解送俘囚至京师，钦天监择日献俘于太庙社稷。"但据熟悉掌故的同志说，在午门。到时候皇上还要坐到城楼亲自过过目。究竟在哪里，余生也晚，未能亲历,只好存疑。第三,大概是午门最有历史意义,也最有戏剧性的故实,是在这里举行廷杖。廷杖,顾名思义,是在朝廷上受杖。不过把一位大臣按在太和殿上打屁股,也实在不大像样子,所以都在午门外举行。廷杖是对廷臣的酷刑。据朱国桢《涌幢小品》,廷杖始于唐玄宗时。但是盛行似在明代。原来不过是"意思意思"。《涌幢小品》说,"成化以前,凡廷杖者不去衣,用厚棉底衣,毛毡迭帊,示辱而已。"穿了厚棉裤,又垫着几层毡子,打起来想必不会太疼。但就这样也够呛,挨打以后,要"卧床数日,而后得愈"。"正德初年,逆瑾(刘瑾)用事,恶廷臣,始去衣。"——那就说脱了裤子,露出屁股挨打了。"遂有杖死者。"掌刑的是"厂卫"。明朝宦官掌握的特务机关有东厂、西厂,后来又有中行厂。廷杖在午门外举行,抡杖的该是中行厂的锦衣卫。五凤楼下,血肉横飞,是何景象?

不知从什么时候起,五凤楼就很少有人上去。"马道"的门锁着。民国以后,在这里设立了历史博物馆。据历史博物馆的老工友说,建馆后,曾经修缮过一次,从城楼的天花板上扫出了一些烧鸡骨头、荔枝壳和桂圆壳。他们说,这是"飞贼"留下来的。北京的"飞贼"做了案,就到五凤楼天花板上藏着，谁也找不着——那倒是，谁能搜到这样的地方呢？老工友们说，"飞贼"用一根麻绳，一头系一个大铁钩，一甩麻绳，把铁钩搭在城垛子上，三把两把，就"就"上来了。这种情形，他们谁也不会见过，但是言之凿凿。这种燕子李三式的人物引起老工友们美丽的向往，因为他们都已经老了，而且有的已经半身不遂。

"历史博物馆"名目很大，但是没有多少藏品，东边的马道里有两尊"将军炮"，是很大的铜炮，炮管有两丈多长。一尊叫做"武威将军炮"，另一尊叫什么将军炮，忘了。据说张勋复辟时曾起用过两尊将军炮，有的老工友说他还听到过军令："传武威将军炮！"传"××将军炮！"是谁传？张勋，还是张勋的对立面？说不清。马道拐角处有一架李大钊烈士就义的绞刑机。据说这架绞刑机是德国进口的，只用过一次。为什么要把这东西陈列在这里呢？我们在写说明卡片时，实在不知道如何下笔。

城楼（我们习惯叫做"正殿"）里保留了皇上的宝座。两边铁架子上挂着十多件袁世凯祭孔用的礼服，黑缎的面料，白领子，式样古怪，道袍不像道袍。这一套服装为什么陈列在这里，也莫名其妙。

四个方亭子陈列的都是没有多大价值、也不值什么钱的文物：不知道来历的墓志、烧瘫在"匣"里的钧窑瓷碗、清代的"黄册"（为征派赋役编造的户口册）、殿试的卷子、大臣的奏折……西北角一间亭子里陈列的东西却有点特别，是多种刑具。有两把杀人用的鬼头刀，都只有一尺多长。我这才知道，杀头不是用力把脑袋砍下来，而是用"巧劲"把脑袋"切"下来。最引人注意的是一套凌迟用的刀具，装在一个木匣里，有一二十把，大小不一。还有一把细长的锥子。据说受凌迟的人挨了很多刀，还不会死，最后要用这把锥子刺穿心脏，才会气绝。中国的剐刑搞得这样精细而科学，真是令人叹为观止。

整天和一些价值不大、不成系统的文物打交道，真正是"抱残守阙"。日子过得倒是蛮清闲的。白天检查检查仓库，更换更换说明卡片，翻翻资料，都是可做可不做的事情。下班后，到左掖门外筒子河边看看算卦的算卦，——河边有好几个卦摊；看人叉鱼，——叉鱼的沿河走，捏着鱼叉，歘地一叉下去，一条二尺来长的黑鱼就叉上来了。到了晚上，天安门、端门、左右掖门都关死了，我就到屋里看书。我住的宿舍在右掖门旁边，据说原是锦衣卫——就是执行廷杖的特务值宿的房子。四外无声，异常安静。我有时走出房门，站在午门前的石头坪场上，仰看满天星斗，觉得全世界都是凉的，就我这里一点是热的。

北平一解放，我就告别了午门，参加四野南下工作团南下了。

从此就再也没有到午门去看过，不知道午门现在是什么样子。

有一件事可以记一记。解放前一天，我们正准备迎接解放。来了一个人，说："你们赶紧收拾收拾，我们还要办事呢！"他是想在午门上登基。这人是个疯子。

一九八六年一月九日

玉渊潭的传说

玉渊潭公园范围很大。东接钓鱼台，西到三环路，北靠白堆子、马神庙，南通军事博物馆。这个公园的好处是自然，到现在为止，还不大像个公园，——将来可不敢说了。没有亭台楼阁、假山花圃。就是那么一片水，好些树。绕湖中有长堤,转一圈得一个多小时。湖中有堤,贯通南北,把玉渊潭分为西湖和东湖。西湖可游泳,东湖可划船。湖边有很多人钓鱼,湖里有人坐了汽车内胎扎成的筏子兜圈。堤上有人遛鸟。有两三处是鸟友们"会鸟"的地方。画眉、百灵,叫成一片。有人打拳、做鹤翔桩、跑步。更多的人是遛弯儿的。遛弯有几条路线,所见所闻不同。常遛的人都深有体会。有一位每天来遛的常客,以为从某处经某处,然后出玉渊潭,最有意思。他说:"这个弯儿不错。"

每天遛弯儿,总可遇见几位老人。常见,面熟了,见到总要点点头:"遛遛?"——"吃啦?"——"今儿天不错——没风!"……

几位老人都已经八十上下了。他们是玉渊潭的老住户,有的已经住了几辈子。他们原来都是种地的,退休了。身子骨都挺硬朗。早晨,他们都绕长堤遛弯儿。白天,放放奶羊、莳弄莳弄巴掌大的一块菜地、摘一点喂鸡的猪儿草。晚饭后大都聚在湖北岸水闸旁边聊天。尤其是夏天,常常聊到很晚。这地方凉快。

我听他们聊,不免问问玉渊潭过去的事。

他们说玉渊潭原本是一片荒地,没有什么人来。只有每年秋天，热闹几天。城里很多人到玉渊潭来吃烤肉，——北京人不是讲究"贴秋膘"吗？各处架起烤肉炙子，烧着柴火，烤肉的香味顺风飘得老远……

秋高气爽，到野地里吃烤肉，瞧瞧湖水，闻着野花野草的清香，确实是一件乐事。我倒愿意这种风气能够恢复。不过，很难了！

老人们说：这玉渊潭原本是私人的产业，是张××的（他们把这个姓张的名字叫得很真凿，我曾经记住，后来忘了）。那会玉渊潭就是当中有一条陆地，种稻子。土肥水好，每年收成不错，玉渊潭一带的人，种的都是张家的地。

他们说：不但玉渊潭，由打阜成门，一直到现在的三环路，都是张××的，他一个人的。

（这可能么？）

这张××是怎么发的家呢？他是做"供"的。早年间北京人订供，不是一次给钱，而是分期给，按时给，从正月给到腊月，年底下就能捧回去一盘供。这张××收了很多家的钱，全花了。到了年根，要面没面，要油没油，拿什么给人家呀！他着急呀，睡不着觉。迷迷糊糊地，着了。做了一个梦。梦里听见有人跟他说：张××，哪儿哪儿有你的油，你的面，你去拉吧！他醒来，到了那儿，有一所房，里面有油，有面。他就赶着车往外拉。怎么拉也拉不完。怎么拉，也拉不完。起那儿，他就发了大财了！

这个传说当然不可信，情节也比较一般化。不过也还有点意思。从这个传说让我了解了几件事。

第一，北京人家过年，家家都要有一盘供。南方人也许不知道什么是"供"。供，就是面擀成指头粗的条，在油里炸透，蘸了蜂蜜，堆成宝塔形，供在神案上的一种甜食。这大概本来是佛教的敬奉释迦牟尼的东西，而且本来可能是庙里制做的。《红楼梦》第一回写葫芦庙中炸供，和尚不小心，油锅火逸，造成火灾，可为旁证。不过《红楼梦》写炸供是在三月十五，而北京人家摆供则在大年初一，季节不同。到后来，就不只是敬给释迦牟尼了，天上地下，各教神仙都有份。似乎一切神佛都爱吃甜东西。其实爱吃这种甜食的是孩子。北京的孩子大概都曾乘大人看不见的时候，偷偷地掰过供尖吃。到了撤供的时候，一盘供就会矮了一截。现在过年的时候，没有人家摆供了，不过点心铺里还有"蜜供"卖，只是不复堆成宝塔形，而是一疙瘩一块的。很甜，有一点蜜香。

第二，我这才知道，北京人家订供，用的是这种"分期付款"的办法。分期付款，我原以为是外国传来的，殊不知中国，北京，古已有之。所不同的，现在的分期付款是先取了东西，再陆续付钱，订供则是先钱后货。小户人家，到年底一次拿出一笔钱来办供，有些费劲，这样零揪着按月交钱，就轻松多了；做供的呢，也可以攒了本钱，从容备料。买主卖主，两得其便。这办法不错！

第三，这几位老人对这传说毫不怀疑。他们是当真事儿说的。他们说张××实有其人，他们说他就住在三环路的南边。他们说北京人有一句话："你有钱！——你有钱能比得了张××吗！"这几位老人都相信：人要发财，这是天意，这是命。因此，他们都顺天而知命，与世无争，不作非分之想。他们勤劳了一辈子，恬淡寡欲，心平气和。因此，他们都长寿。

一九八六年一月十三日

注　释

① 本篇原载《北京文学》1986 年第五期；初收《蒲桥集》，作家出版社，1989 年 3 月。

香港的高楼和北京的大树[①]

香港多高楼，无大树。

中环一带，高楼林立，车如流水。楼多在五六十层以上。因为都很高，所以也显不出哪一座特别突出。建筑材料钢筋水泥已经少见了。飞机钢、合金铝、透亮的玻璃、纯黑的大理石。香港马路窄，无林荫树。寸土如金，无隙地可种树也。

这个城市，五光十色，只是缺少必要的、足够的绿。

半山有树。

山顶有树。

只是似乎没有人注意这些树，欣赏这些树。树被人忽略了。

海洋公园有树，都修剪得很整洁。这里有从世界各地移植来的植物。扶桑花皆如碗大，有深红、浅红、白色的，内地少见。但是游人极少在这些过于鲜明的花木之间留连。到这里来的目的是乘坐"疯狂飞天车"、浪船、"八脚鱼"之类的富于刺激性的、使人晕眩的游乐玩意。

我对这些玩意全都不敢领教,只是吮吸着可口可乐,看看年轻人乘坐这些玩意的兴奋紧张的神情,听他们在危险的瞬间发出的惊呼。我老了。

我坐在酒店的房间里(我在香港极少逛街,张辛欣说我从北京到香港就是换一个地方坐着),想起北京的大树,中山公园、劳动人民文化宫、天坛的柏树,北海的白皮松。

渡海到大屿岛梅窝参加大陆和香港作家的交流营,住了两天。这是香港人度假的地方,很安静。海、沙滩、礁石。错错落落,不很高的建筑。上山的小道。我现在明白了,为什么居住在高度现代化的城市的人需要度假。他们需要暂时离开紧张的生活节奏,需要安静,需要清闲。

古华看看大屿山,两次提出疑问:"为什么山上没有大树?"他说:"如果有十棵大松树,不要多,有十棵,就大不一样了!"山上是有树的。台湾相思树,枝叶都很美。只是大树确实是没有。

没有古华家乡的大松树。

也没有北京的大柏树、白皮松。

"所谓故国者非有乔木之谓也"。然而没有乔木,是不成其为故国的。《金瓶梅》潘金莲有言:"南京的沈万山,北京的大树,人的名儿,树的影儿。"至少在明朝的时候,北京的大树就有了名了。北京有大树,北京才成其为北京。

回北京,下了飞机,坐在"的士"里,与同车作家谈起香港的速度。司机在前面搭话:"北京将来也会有那样的速度的!"他的话不错。北京也是要高度现代化的,会有高速度的。现代化、高速度以后的北京会是什么样子呢?想起那些大树,我就觉得安心了。现代化之后的北京,还会是北京。

注　释

① 本篇原载 1986 年 2 月 23 日《光明日报》;初收《蒲桥集》,作家出版社,1989 年 3 月。

比罚款更好的办法[①]

到处都罚款。有的罚款是必要的,比如对待随地吐痰,无照设摊。但是什么都用罚款的办法来解决:乱倒垃圾,罚款;随便放车,罚款……这就不大好。罚款本来应由政府部门执行,现在任何店铺、住家,都可以作出罚款的规定,未免奇怪。至于公园里,几乎无一例外,都有牌示:"严禁攀折花木,违者罚款",这一明文似乎古已有之了。有没有更好的办法呢?

苏州沧浪亭,有一处小厅,窗外有几棵梅花,枝叶甚茂,游人伸手可以攀折。这里没有罚款的禁令,却用一个扇面形的小小木牌,写了四句诗:

窗外数株梅,迎寒冒雪开。
劝君多护惜,留待暗香来。

诗不是什么了不得的好诗,但比"违者罚款"更高雅一点。

多一点诗教,少一点禁令,也许我们这个民族会更文明一点。

注 释

① 本篇原载 1986 年 6 月 30 日《北京晚报》"桥边杂记"专栏。

午　门[①]

旧戏、旧小说里每每提到推出午门斩首，其实没有这回事。午门在紫禁城里，三大殿的外面，这个地方哪能杀人呢！从元朝以来，刑人多在柴市口（今菜市口）、交道口（原名"交颈口"）或西四牌楼。在闹市杀人，大概是汉朝以来就有的规矩，即所谓"弃市"。晁错就是"朝服斩于市"的。午门是逢甚么重要节日皇帝接见外国使节和接受献俘的地方。另外，也是大臣受廷杖的地方。"廷杖"不是在太和殿上打屁股，那倒是"推出午门"去执行的。"廷杖"是明代对大臣的酷刑。明以前，好像没听说过。原来打得不重，受杖时可以穿了厚棉裤，下面还垫了毡子，"示辱而已"。但挨了杖，也得躺几天起不来。到了刘瑾当权，因为他痛恨知识分子，"始去衣"，那就是脱了裤子，露出了屁股来挨揍了。行刑的是锦衣卫的太监，他们打得很毒，有的大臣立毙杖下，当场被打死的。

午门居北京城的正中。"午"者中也。这里的建筑是非常有特色的。一是建在和天安门的城墙一般高的城台之上，地基比故宫任何一座宫殿都高。二是它是五座建筑联成的。正中是一座大殿，两侧各有两座方形的亭式建筑，俗称"五凤楼"。旧戏曲里常用"五凤楼"作为朝廷的代称。《姚期》里姚期唱："到明朝陪王在那五凤楼"，《珠帘寨》里程敬思唱："为千岁懒登五凤楼"。其实五凤楼不是上朝的地方，姚期和程敬思也不会登上这样的地方。

五凤楼平常是没有人上去的，于是就成了燕子李三式的飞贼的藏身之所。据说飞贼作了案，就用一根粗麻绳，绳子有铁钩，把麻绳甩上去，勾搭住午门外侧的城墙，倒几次手，就"就"上去了。据说在民国以后，午门城楼上设立了历史博物馆，在修缮房屋时，曾在正殿的天花板上扫出了一些烧鸡骨头、桂圆、荔枝皮壳。那是飞贼遗留下来的。我未能亲见，只好姑妄听之。理或有之：躲在这里，是谁也找不到的。

一九四八年，我曾在历史博物馆工作过将近一年，而且住在午门的下面。除了两个工友，职员里住在这里的只我一个人。我住的房间在右掖门一边,据说是锦衣卫值宿的地方。我平生所住过的房屋,以这一处最为特别。夜晚,在天安门、端门、左右掖门都上锁之后,我独自站在午门下面的广大的石坪上,万籁俱静,满天繁星,此种况味,非常人所能领略。我曾写信给黄永玉说:我觉得全世界都是凉的,只我这里一点是热的。

于是,到一九四九年三月,我就离开了。

三月七日

注　释

① 本篇原载 1987 年 5 月 12 日香港《大公报》;初收《蒲桥集》,作家出版社,1989 年 3 月。

吴 三 桂①

高邮县志办公室把新修的县志初稿寄来给我，我翻看了一遍，提了几点不成熟的意见。有一条记不得是否提过：应该给吴三桂立一个传。

我的家乡出过两个大人物，一个是张士诚，一个是吴三桂。张士诚不是高邮人，是泰州的白驹场人，但是他于元至正十三年（1553）②攻下了高邮，并于次年在承天寺自称诚王。吴三桂的家不知什么时候迁到了辽东，但祖籍是高邮。他生于1612年。"五百年必有王者兴"，敝乡于六十年③之间出过两位皇上，——吴三桂后来是称了帝的，大概曾经是有过一点"王气"的。

我知道吴三桂很早了。小时读《正续三字经》，里面就有"吴三桂，请清兵"。长大后到昆明住了七年，听到一些关于吴三桂的传闻。昆明五华山下有一斜坡，叫做"逼死坡"，据说是吴三桂逼死明朝最后一个皇帝永历帝的地方。永历帝兵败至云南，由腾冲逃到缅甸，吴三桂从缅甸把他弄回来杀了。云南人说是吴三桂逼得他上吊死的。这大概是可靠的。另外的传说则大概是附会的了。昆明市东凤鸣山顶有一座金殿，梁柱门窗，都是铜铸的，顶瓦也是铜的。说是吴三桂冬天住在这里，殿外烧了火，殿里暖和而无烟气，他在里面饮酒作乐。这大概是不可能的。昆明冬天并不冷，无须这样烤火。而且住在一间不大的铜房子里，又有多大趣味呢？此外，昆明大西门外莲花池畔有一座陈圆圆石像。石像是用单线刻在石碑上的，外面有一石龛，高约四尺，额上题："比丘尼陈圆圆像"，是一个中年的尼姑的样子。据说陈圆圆是投莲花池死的。吴三桂镇云南，握重兵，形成割据势力，清圣祖为了加强统一，实行撤藩。康熙十二年（1673），吴三桂叛，自称周王。十七年在衡州称帝。吴三桂举兵叛乱时，已经六十一岁，这时陈圆圆也相当老了，她大概是没有跟着。死于昆明，是可能的。是不是投了莲花池，就难说了。陈圆圆晚年为女道士，改名寂静，字玉庵。莲花池畔的石像却说她是比丘尼，不知是什么缘故。

逼死坡今犹在，金殿也还好好的。莲花池畔的陈圆圆像则已于"文化大革命"中被毁掉了。干吗要毁陈圆圆的像呢？毁像的红卫兵大概是受了吴梅村的影响，相信"痛哭六军俱缟素，冲冠一怒为红颜"，认为吴三桂的当汉奸，陈圆圆是罪魁祸首。冤哉！

"冲冠一怒为红颜"，早就有人说没有这回事，一宗巨大的历史变故，原因岂能如此简单！如果说吴三桂引清兵入关，与陈圆圆有一定关系，那么他后来穷追永历帝以至将其逼死，再后来又从拥兵自重到叛乱称王，又将怎样解释呢？这和陈圆圆又有什么关系呢？吴三桂自是吴三桂，陈圆圆对他的一生负不了责。

我希望有人能认真研究一下吴三桂其人，给他写一个传。写成历史小说也可以，但希望忠实一些，不要有太多的演义。

一九八七年五月二十四日

注　释

① 本篇原载《北京文学》1987年第七期"草木闲篇"专栏；

初收《蒲桥集》,作家出版社,1989 年 3 月。

② 应为 1353。

③ 此说不成立,应为三百年。

钓　鱼　台[①]

我在钓鱼台西边住了好几年，不知道钓鱼台里面是什么样子。

钓鱼台原是一片野地，清代，清明前后，偶尔有闲散官员爱写写诗的，携酒来游。这地方很荒凉，有很多坟。张问陶《船山诗草·闰二月十六日清明与王香圃徐石溪查兰圃小山兄弟携酒游钓鱼台看桃花归过白云观法源寺即事二首》云："荒坟沿路有，浮世几人闲"。可证。这里的景致大概是："柳枝漠漠笼青烟，山桃欲开红可怜。人声渐远波声小，一片明湖出林杪"（《船山诗草·十九日习之招同子卿竹堂稚存琴山质夫立凡携酒游钓鱼台》）。不知道从什么时候起，逐渐营建，最后成了国宾馆。

钓鱼台的周围原来是竹竿扎成的篱笆，竹竿上涂绿漆，从篱笆窟窿中约略可见里面的房屋树木。"文化大革命"初期，不是一九六六年就是一九六七年，改筑了围墙，里面就什么也看不见了。围墙上安了电网，隔不远有一个红灯泡。晚上红灯一亮，瞧着有点瘆人。围墙东面、北面各开一座大门。东面大门里是一座假山；北面大门里砌了一个很大的照壁，遮住行人的视线。照壁上涂了红漆，堆出五个笔势飞动的金字："为人民服务"。门里安照壁，本是常事，但是这五个字用在这里，似乎不怎么合适。为什么搞得这样戒备森严起来了呢？原因之一，是江青常常住在这里，"文化大革命"的许多重大决策都是由这里做出的。不妨说，这是"文革"的策源地。我每天要从"为人民服务"之前经过，觉得照壁后面，神秘莫测。

我们街坊有两个孩子爬到五楼房顶上拿着照相机对着钓鱼台拍照，刚按快门，这座楼已经被钓鱼台的警卫围上了。

钓鱼台原来有一座门，靠南边，朝西，像一座小城门，石额上有三个馆阁体的楷书："钓鱼台"。附近的居民称之为"古门"。这座门正对玉渊潭。玉渊潭和钓鱼台原是一体。张问陶诗中的"一片明湖出林杪"，指的正是玉渊潭。玉渊潭有一条贯通南北的堤，把潭分成东西两半，堤中有水闸，东西两湖的水是相通的。原本潭东、潭西和当中的土堤都是可以走人的。自从江青住进钓鱼台之后，把挨近钓鱼台的东湖沿岸都安了带毛刺的铁丝网，——老百姓叫它"铁蒺藜"。铁蒺藜是钉在沿岸的柳树上的。这样，东湖就成了禁地。行人从潭中的堤上走过时，不免要向东边看一眼，看看可望而不可即的钓鱼台，沉沉烟霭，苍苍树木。

"四人帮"垮台后，铁蒺藜拆掉了，东湖解放了。湖中有人划船、钓鱼、游泳。东堤上又可通行了。很多人散步、练气功、遛鸟。有些游人还爱趴在"古门"的门缝上往里看。警卫的战士看到，也并不呵叱。有一年，修缮西南角的建筑，为了运料方便，打开了古门，人们可以看到里面的"养元斋"，一湾流水，几块太湖石，丛竹高树。钓鱼台不再那么神秘了。

原来的铁蒺藜有的是在柳树上箍一个圈，再用钉子钉上的。有一棵柳树上的铁蒺藜拆不净，因为它已经长进树皮里，拔不出来了。这棵柳树就带着外面拖着一截的铁蒺藜往上长，一天比一天高。这棵带着铁蒺藜的树，是"四人帮"

作恶的一个历史见证。似乎这也像经了"文化大革命"一通折腾之后的中国人。

一九八七年八月十七日

注 释

① 本篇原载 1987 年 11 月 23 日香港《大公报》；初收《蒲桥集》，作家出版社，1989 年 3 月。

四时佳兴

岁 交 春[①]

今年春节大年初一立春,是"岁交春"。这是很难得的。语云:"千年难逢龙华会,万年难逢岁交春。"一万年,当然是不需要的,但总是很少见。我今年72岁了,好像头一回赶上。岁交春,是很吉利的,这一年会风调雨顺,那敢情好。

中国过去对立春是很重视的。"春打六九头",到了六九,不会再有很冷的天,是真正的春天了。"农人告余以春及,将有事于西畴",是准备春耕的时候了。这是个充满希望的节气。

宋朝的时候,立春前一天,地方官要备泥牛,送入宫内,让宫人用柳条鞭打,谓之"鞭春"。"打春"之说,盖始于宋。

我的家乡则在立春日有穷人制泥牛送到各家，牛约五六寸至尺许大，涂了颜色。有的还有一个小泥人，是芒神，我的家乡不知道为什么叫他"奥芒子"。送到时，用唢呐吹短曲，供之神案上，可以得到一点赏钱，叫做"送春牛"。老年间的皇历上都印有"春牛图"，注明牛是什么颜色，芒神着什么颜色的衣裳。这些颜色不知是根据什么规定的。送春牛仪式并不隆重，但我很愿意站在旁边看，而且有一种说不出来的感动。

北方人立春要吃萝卜，谓之"咬春"。春而可咬，很有诗意。这天要吃生菜，多用新葱、青韭、蒜黄，叫做"五辛盘"。生菜是卷饼吃的。陈元靓《岁时广记》引《唐四时宝镜》："立春日，食芦菔、春饼、生菜，号'春盘'。"《北平风俗类征·岁时》："是月如遇立春，……富家食春饼。备酱熏及炉烧盐腌各肉，并各色炒菜，如菠菜、豆芽菜、干粉、鸡蛋等，而以面粉烙薄饼卷而食之，故又名薄饼。"

吃春饼不一定是北方人。据我所知，福建人也是爱吃的，办法和北京人也差不多。我在舒婷家就吃过。

就要立春了，而且是"岁交春"，我颇有点兴奋，这好

像有点孩子气。原因就是那天可以吃春饼。作打油诗一首,以志兴奋:

> 不觉七旬过二矣,
> 何期幸遇岁交春。
> 鸡豚早办须兼味,
> 生菜偏宜簇五辛。
> 薄禄何如饼在手,
> 浮名得似酒盈樽?
> 寻常一饱增惭愧,
> 待看沿河柳色新。

(一九九二年一月十五日)

注 释

① 本篇原载 1992 年 1 月 31 日《大众日报》;初收《草花集》,成都出版社,1993 年 9 月。

夏　天[①]

夏天的早晨真舒服。空气很凉爽，草尖还挂着露水（蜘蛛网上也挂着露水）。写大字一张，读古文一篇。夏天的早晨真舒服。

凡花大都是五瓣，栀子花却是六瓣。山歌云："栀子花开六瓣头。"栀子花粗粗大大，色白，近蒂处微绿，极香，香气简直有点叫人受不了，我的家乡人说是："碰鼻子香"。栀子花粗粗大大，又香得掸都掸不开，于是为文雅人不取，以为品格不高。栀子花说："去你妈的，我就是要这样香，香得痛痛快快，你们他妈妈的管得着吗！"

人们往往把栀子花和白兰花相比。苏州姑娘串街卖花，娇声叫卖："栀子花！白兰花！"白兰花花朵半开，娇娇嫩嫩，如象牙白玉，香气文静，但有点甜俗，为上海长三堂子的"倌人"所喜，因为听说白兰花要到夜间枕上才格外地香。我觉得红"倌人"的枕上之花，不如船娘鬓边花更为刺激。

夏天的花里最为幽静的是珠兰。

牵牛花短命。早晨沾露才开，午时即已萎谢。

秋葵也命薄。瓣淡黄，白心，心外有紫晕。风吹薄瓣，楚楚可怜。

凤仙花有单瓣者，有重瓣者。重瓣者如小牡丹，凤仙花茎粗肥，湖南人用以腌"臭咸菜"，此吾乡所未有。

马齿苋、狗尾巴草、益母草，都长得非常旺盛。

淡竹叶开浅蓝色小花，如小蝴蝶，很好看。叶片微似竹叶而较柔软。

"万把钩"即苍耳。因为结的小果上有许多小钩，碰到它就会挂在衣服上，得小心摘去，所以孩子叫它"万把钩"。

我们那里有一种"巴根草"，贴地而长，见缝扎根，一棵草蔓延开来，长了很多根，横的，竖的，一大片。而且非常顽强，拉扯不断。很小的孩子就会唱：

巴根草，

绿茵茵，

唱个唱，

把狗听。

最讨厌的是"臭芝麻"。掏蟋蟀、捉金铃子，常常沾了一裤腿。其臭无比，很难除净。

西瓜以绳络悬之井中，下午剖食，一刀下去，喀嚓有声，凉气四溢，连眼睛都是凉的。

天下皆重"黑籽红瓤"，吾乡独以"三白"为贵：白皮、白瓤、白籽。"三白"以东墩产者最佳。

香瓜有：牛角酥，状似牛角，瓜皮淡绿色，刨去皮，则瓜肉浓绿，籽赤红，味浓而肉脆，北京亦有，谓之"羊角蜜"；虾蟆酥，不甚甜而脆，嚼之有黄瓜香；梨瓜，大如拳，白皮、白瓤，生脆有梨香；有一种较大，皮色如虾蟆，不甚甜，而极"面"，孩子们称之为"奶奶哼"，说奶奶一边吃，一边"哼"。

蝈蝈，我的家乡叫做"叫蚰子"。叫蚰子有两种。一种叫"侉叫蚰子"，那真是"侉"，跟一个叫驴子似的，叫起来"咶咶咶咶"很吵人。喂它一点辣椒，更吵得厉害。一种叫"秋叫蚰子"，全身碧绿如玻璃翠，小巧玲珑，鸣声亦柔细。

别出声，金铃子在小玻璃盒子里爬哪！它停下来，吃两口食，——鸭梨切成小骰子块。于是它叫了"丁铃铃铃"……

乘凉。

搬一张大竹床放在天井里，横七竖八一躺，浑身爽利，暑气全消。看月华。月华五色晶莹，变幻不定，非常好看。月亮周围有了一个模模糊糊的大圆圈，谓之"风圈"，近几天会刮风。"乌猪子过江了"——黑云漫过天河，要下大雨。

一直到露水下来，竹床子的栏杆都湿了，才回去，这时已经很困了，才沾藤枕（我们那里夏天都枕藤枕或漆枕），已入梦乡。

鸡头米老了,新核桃下来了,夏天就快过去了。

注 释

① 本篇原载《大家》1994年第六期;初收《汪曾祺全集》第六卷,北京师范大学出版社,1998年8月。

淡淡秋光[①]

秋葵·凤仙花·秋海棠

秋葵叶似鸡脚，又名鸡脚葵、鸡爪葵。花淡黄色，淡若无质。花瓣内侧近蒂处有檀色晕斑。花心浅白，柱头深紫。秋葵不是名花，然而风致楚楚。古人诗说秋葵似女道士，我觉得很像，虽然我从未见过一个女道士。

凤仙花有单瓣、复瓣。单瓣者多为水红色。复瓣者为深红、浅红、白色。复瓣者花似小牡丹，只是看不见花蕊。花谢，结小房如玉搔头。凤仙花极易活，子熟，花房裂破，子实落在泥土、砖缝里，第二年就会长出一棵一棵的凤仙花，不烦栽种。凤仙花可染指甲。凤仙花捣烂，少加矾，用花叶包于指尖，历一夜，第二天指甲就成了浅浅的红颜色。北京人即谓凤仙为"指甲花"。现在大概没有用凤仙花染指甲的了，除非偏远山区的女孩子。

我们那里的秋海棠只有一种，矮矮的草本，开浅红色四瓣的花，中缀黄色的花蕊如小绒球。像北京的银星海棠那样硬杆、大叶、繁花的品种是没有的。

我母亲生肺病后（那年我才三岁）移居在一小屋中，与家人隔离。她死后，这间小屋就成了堆放她生前所用家具什物的贮藏室。有时需要取用一件什么东西，我的继母就打开这间小屋，我也跟着进去看过。这间小屋外面有一小天井，靠墙有一个秋叶形的小花坛。花坛里开着一丛秋海棠。也没有人管它，它自开自落。我母亲没有给我留下什么记忆。我记得的只有两件事。一件是我父亲陪母亲乘船到淮安去就医，把我带在身边。船篷里挂了好些船家自腌的大头菜（盐腌的，白色，有点像南浔大头菜，不像云南的"黑芥"），我一直记着这大头菜的气味。另一件便是这丛秋海棠。我记住这丛秋海棠的时候，我母亲去世已经有两三年了。我并没有感伤情绪，不过看见这丛秋海棠，总会想到母亲去世前是住在这里的。

香橼·木瓜·佛手

我家的"花园"里实在没有多少花。花园里有一座"土山"。这"土山"不知是怎么形成的,是一座长长的隆起的土丘。"山"上只有一棵龙爪槐,旁枝横出,可以倚卧。我常常带了一块带筋的酱牛肉或一块榨菜,半躺在横枝上看小说,读唐诗。"山"的东麓有两棵碧桃,一红一白,春末开花极繁盛。"山"的正面却种了四棵香橼。我不知道我的祖父在开园堆山时为什么要栽了这样几棵树。这玩意就是"橘逾淮南则为枳"的枳(其实这是不对的,橘与枳自是两种)。这是很结实的树。木质坚硬,树皮紧细光滑。叶片经冬不凋,深绿色。树枝有硬刺。春天开白色的花。花后结圆球形的果,秋后成熟。香橼不能吃,瓤极酸涩,很香,不过香得不好闻。凡花果之属有香气者,总要带点甜味才好,香橼的香气里却带有苦味。香橼很肯结,树上累累的都是深绿色的果子。香橼算是我家的"特产",可以摘了送人。但似乎不受欢迎。没有什么用处,只好听它自己碧绿地垂在枝头。到了冬天,皮色变黄了,放在盘子里,摆在水仙花旁边,也还有点意思,其时已近春节了。总之,香橼不是什么佳果。

香橼皮晒干,切片,就是中药里的枳壳。

花园里有一棵木瓜,不过不大结。我们所玩的木瓜都是从水果摊上买来的。所谓"玩",就是放在衣口袋里,不时取出来,凑在鼻子跟前闻闻。——那得是较小的,没有人在口袋里揣一个茶叶罐大小的木瓜的。木瓜香味很好闻。屋子里放几个木瓜,一屋子随时都是香的,使人心情恬静。

我们那里木瓜是不吃的。这东西那么硬,怎么吃呢?华南切为小薄片,制为蜜饯。——厦门人是什么都可以做蜜饯的,加了很多味道奇怪的药料。昆明水果店将木瓜切为大片,泡在大玻璃缸里。有人要买,随时用筷子夹出两片。很嫩,很脆,很香。泡木瓜的水里不知加了什么,否则这木头一样的瓜怎么会变得如此脆嫩呢?中国人从前是吃木瓜的。《东京梦华录》载"木瓜水",这大概是一种饮料。

佛手的香味也很好。不过我真不知道一个水果为什么要长得这么奇形怪状!佛手颜色嫩黄可爱。《红楼梦》贾母提到一个蜜腊佛手,蜜腊雕为佛手,颜色、质感都近似,设计这件摆设的工匠是个聪明人。蜜腊不是很珍贵的玉料,但是能够雕成一个佛手那样大的蜜腊却少见，贾府真是富贵人家。

佛手、木瓜皆可泡酒。佛手曲微有黄色，木瓜酒却是红色的。

橡　栗

橡栗即"狙公赋芧"的芧，不知道为什么我们小时候却叫它"芧栗子"。这是"形近而讹"么？不过我小时候根本不认得这个"芧"字。橡即栎。我们也不认得"栎"字，只是叫它"芧栗子树"。我们那里芧栗子树极少，只有西门外小校场的西边有一棵，很大。到了秋天，芧栗子熟了，落在地下，我们就去捡芧栗子玩。芧栗有什么好玩的？形状挺有趣，有一点像一个小坛子，不过底是尖的。皮色浅黄，很光滑。如此而已。我们有时在它的像个小盖子似的蒂部扎一个小窟窿，插进半截火柴棍，成了一个"捻捻转"。用手一捻，它就在桌面上旋转，像一个小陀螺。如此而已。

小校场是很偏僻的地方，附近没有什么人家。有一回，我和几个女同学去捡芧栗子，天黑下来了，我们忽然有些害怕，就赶紧往城里走。路过一家孤零零的人家门外，门前站着一个岁数不大的人，说："你们要茅栗子么？我家里有！"我们立刻感到：这是个坏人。我们没有搭理他，只是加快了脚步，拼命地走。我是同学里的唯一的男子汉，便像一个勇士似的走在最后。到了城门口，发现这个坏人没有跟上来，才松了一口气。当时的紧张心情，我过了很多年还记得。

梧　桐

一叶落而知天下秋，梧桐是秋的信使。梧桐叶大，易受风。叶柄甚长，叶柄与树枝连接不很结实，好像是粘上去的。风一吹，树叶极易脱落。立秋那天，梧桐树本来好好的，碧绿碧绿，忽然一阵小风，欻的一声，飘下一片叶子，无事的诗人吃了一惊：啊！秋天了！其实只是桐叶易落，并不是对于时序有特别敏感的"物性"。梧桐落叶早，但不是很快就落尽。《唐明皇秋夜梧桐雨》证明秋后梧桐还有叶子的，否则雨落在光秃秃的枝干上，不会发出使多情的皇帝伤感的声音。据我的印象，梧桐大批地落叶，已是深秋，树叶已干，梧桐籽已熟。往往是一夜大风，第二天起来一看，满地桐叶，树上一片也不剩了。

梧桐籽炒食极香，极酥脆，只是太小了。

我的小学校园中有几棵大梧桐，大风之后，我们就争着捡梧桐叶。我们要的不是叶片，而是叶柄。梧桐叶柄末端稍稍鼓起，如一小马蹄。这个小马蹄纤维很粗，可以磨墨。所谓"磨墨"，其实是在砚台上注了水，用粗纤维的叶柄来回磨蹭，把砚台上干硬的宿墨磨化了，可以写字了而已。不过我们都很喜欢用梧桐叶柄来磨墨，好像这样磨出的墨写出字来特别的好。一到梧桐落叶那几天，我们的书包里都有许多梧桐叶柄，好像这是什么宝贝。对于这样毫不值钱的东西的珍视，是可以不当一回事的么？不啊！这里凝聚着我们对于时序的感情。这是"俺们的秋天"。

一九八八年十一月九日

注　释

①　本篇原载《散文世界》1989年第一期；初收《汪曾祺全集》第四卷，北京师范大学出版社，1998年8月。

冬　天[①]

天冷了，堂屋里上了槅子。槅子，是春暖时卸下来的，一直在厢屋里放着。现在，搬出来，刷洗干净了，换了新的粉连纸，雪白的纸。上了槅子，显得严紧，安适，好像生活中多了一层保护。家人闲坐，灯火可亲。

床上拆了帐子，铺了稻草。洗帐子要拣一个晴朗的好天，当天就晒干。夏布的帐子，晾在院子里，夏天离得远了。稻草装在一个布套里，粗布的，和床一般大。铺了稻草，暄腾腾的，暖和，而且有稻草的香味，使人有幸福感。

不过也还是冷的。南方的冬天比北方难受，屋里不升火。晚上脱了棉衣，钻进冰凉的被窝里，早起，穿上冰凉的棉袄棉裤，真冷。

放了寒假，就可以睡懒觉。棉衣在铜炉子上烘过了，起来就不是很困难了。尤其是,棉鞋烘得热热的,穿进去真是舒服。

我们那里生烧煤的铁火炉的人家很少。一般取暖,只是铜炉子,脚炉和手炉。脚炉是黄铜的,有多眼的盖。里面烧的是粗糠。粗糠装满,铲上几铲没有烧透的芦柴火(我们那里烧芦苇,叫做"芦柴")的红灰盖在上面。粗糠引着了,冒一阵烟,不一会,烟尽了,就可以盖上炉盖。粗糠慢慢延烧,可以经很久。老太太们离不开它。闲来无事,抹抹纸牌,每个老太太脚下都有一个脚炉。脚炉里粗糠太实了,空气不够,火力渐微,就要用"拨火板"沿炉边挖两下,把粗糠拨松,火就旺了。脚炉暖人。脚不冷则周身不冷。焦糠的气味也很好闻。仿日本俳句,可以作一首诗:"冬天,脚炉焦糠的香。"手炉较脚炉小,大都是白铜的,讲究的是银制的。炉盖不是一个一个圆窟窿,大都是镂空的松竹梅花图案。手炉有极小的,中置炭墼(煤炭研为细末,略加蜜,筑成饼状),以纸煤头引着。一个炭墼能经一天。

冬天吃的菜,有乌青菜、冻豆腐、咸菜汤。乌青菜塌棵,平贴地面,江南谓之"塌苦菜",此菜味微苦。我的祖母在后园辟小片地,种乌青菜,经霜,菜叶边缘作紫红色,味道苦中泛甜。乌青菜与"蟹油"同煮,滋味难比。"蟹油"是以大螃蟹煮熟剔肉,加猪油"炼"成的,放在大海碗里,凝成蟹冻,久贮不坏,可吃一冬。豆腐冻后,不知道为什么是蜂窝状。化开,切小块,与鲜肉、咸肉、牛肉、海米或咸菜同煮,无不佳。冻豆腐宜放辣椒、青蒜。我们那里过去没有北方的大白菜,只有"青菜"。大白菜是从山东运来的,美其名曰"黄芽菜",很贵。"青菜"似油菜而大,高二尺,是一年四季都有的,家家都吃的菜。咸菜即是用青菜腌的。阴天下雪,喝咸菜汤。

　　冬天的游戏:踢毽子,抓子儿,下"逍遥"。"逍遥"是在一张正方的白纸上,木版印出螺旋的双道,两道之间印出八仙、马、兔子、鲤鱼、虾……;每样都是两个,错落排列,不依次序。玩的时候各执铜钱或象棋子为子儿,掷骰子,如果骰子是五点,自"起马"处数起,向前走五步,是兔子,则可向内圈寻找另一个兔子,以子儿押在上面。下一轮开始,自里圈兔子处数起,如是六点,进六步,也许是铁拐李,就寻另一个铁拐李,把子儿押在那个铁拐李上。如果数数至里圈的什么图上,则到外圈去找,退回来。点数够了,子儿能进入终点(终点是一座宫殿式的房子,不知是月宫还是龙门),就算赢了。次后进入的为"二家"、"三家"。"逍遥"两个人玩也可以,三个四个人玩也可以。不知道为什么叫做"逍遥"。

早起一睁眼,窗户纸上亮晃晃的,下雪了!雪天,到后园去折腊梅花、天竺果。明黄色的腊梅、鲜红的天竺果,白雪,生意盎然。腊梅开得很长,天竺果尤为耐久,插在胆瓶里,可经半个月。

春粉子。有一家邻居,有一架碓。这架碓平常不大有人用,只在冬天由附近的一二十家轮流借用。碓屋很小,除了一架碓,只有一些筛子、箩。踩碓很好玩,用脚一踏,吱扭一声,碓嘴扬了起来,嘭的一声,落在碓窝里。粉子春好了,可以蒸糕,做"年烧饼"(糯米粉为蒂,包豆沙白糖,作为饼,在锅里烙熟),搓圆子(即汤团)。春粉子,就快过年了。

一九八八年十二月二十二日

注 释

① 本篇原载《中国作家》1998年第一期;初收《汪曾祺全集》第四卷,北京师范大学出版社,1998年8月。

谈读杂书

谈读杂书[①]

我读书很杂,毫无系统,也没有目的。随手抓起一本书来就看。觉得没意思,就丢开。我看杂书所用的时间比看文学作品和评论的要多得多。常看的是有关节令风物民俗的,如《荆楚岁时记》、《东京梦华录》。其次是方志、游记,如《岭表录异》、《岭外代答》。讲草木虫鱼的书我也爱看,如法布尔的《昆虫记》,吴其濬的《植物名实图考》,《花镜》。讲正经学问的书,只要写得通达而不迂腐的也很好看,如《癸巳类稿》。《十驾斋养新录》差一点,其中一部分也挺好玩。我也爱读书论、画论。有些书无法归类,如《宋提刑洗冤录》,这是讲验尸的。有些书本身内容就很庞杂,如《梦溪笔谈》、《容斋随笔》之类的书,只好笼统地称之为笔记了。

读杂书至少有以下几种好处：第一，这是很好的休息。泡一杯茶懒懒地靠在沙发里，看杂书一册，这比打扑克要舒服得多。第二，可以增长知识，认识世界。我从法布尔的书里知道知了原来是个聋子，从吴其濬的书里知道古诗里的葵就是湖南、四川人现在还吃的冬苋菜，实在非常高兴。第三，可以学习语言。杂书的文字都写得比较随便，比较自然，不是正襟危坐，刻意为文，但自有情致，而且接近口语。一个现代作家从古人学语言，与其苦读《昭明文选》、"唐宋八家"，不如参看杂书。这样较易溶入自己的笔下。这是我的一点经验之谈。青年作家，不妨试试。第四，从杂书里可以悟出一些写小说，写散文的道理，尤其是书论和画论。包世臣《艺舟双楫》云："吴兴书笔，专用平顺，一点一画，一字一行，排次顶接而成。古帖字体，大小颇有相径庭者，如老翁携幼孙行，长短参差，而情意真挚，痛痒相关。吴兴书如士人入隘巷，鱼贯徐行，而争先竞后之色，人人见面，安能使上下左右空白有字哉！"他讲的是写字，写小说、散文不也正当如此吗？小说、散文的各部分，应该"情意真挚，痛痒相关"，这样才能做到"形散而神不散"。

读杂书的收获很多，我就以自己的感想谈这么一点。

一九八六年六月九日北京

注 释

① 本篇原载 1986 年 7 月 8 日《新民晚报》；初收《晚翠文谈》，浙江文艺出版社，1988 年 3 月。

读廉价书[①]

文章滥贱，书价腾踊。我已经有好多年不买书了。这一半也是因为房子太小，买了没有地方放。年轻时倒也有买书的习惯。上街，总要到书店里逛逛，挟一两本回来。但我买的，大都是便宜的书。读廉价书有几样好处。一是买得起，掏出钱时不肉痛；二是无须珍惜，可以随便在上面圈点批注；三是丢了就丢了，不心疼。读廉价书亦有可记之事，爰记之。

一折八扣书

一折八扣书盛行于30年代。中学生所买的大都是这种书。一折，而又打八扣，即定价如是一元，实售只是八分钱。当然书后面的定价是预先提高了的。但是经过一折八扣，总还是很便宜的。为什么不把定价压低，实价出售，而用这种一折八扣的办法呢，大概是投合买书人贪便宜的心理：这差不多等于白给了。

一折八扣书多是供人消遣的笔记小说，如《子不语》、《夜雨秋灯录》、《续齐谐》等等。但也有文笔好，内容有意思的，如余澹心的《板桥杂记》、冒辟疆的《影梅庵忆语》。也有旧诗词集。我最初读到的《漱玉词》和《断肠词》就是这种一折八扣本。《断肠词》的样子我到现在还记得，封面是砖红色的，一侧画一枝滴下两滴墨水的羽毛笔。一折八扣书都很薄，但也有较厚的，《剑南诗钞》即是相当厚的两本。这书的封面是米黄色的铜版纸，王西神题签。这在一折八扣书中是相当贵的了。

星期天，上午上街，买买东西（毛巾、牙膏、袜子之类），吃一碗脆鳝面或辣油面（我读高中在江阴，江阴的面我以为是做得最好的，真是细若银丝，汤也极好）、几只猪油青韭馅饼（满口清香），到书摊上挑一两本一折八扣书，回校。下午躺在床上吃粉盐豆（江阴的特产），喝白开水，看书，把三角函数、化学分子式暂时都忘在脑后，考试、分数，于我何有哉，这一天实在过得蛮快活。

一折八扣书为什么卖得如此之贱？因为成本低。除了垫出一点纸张油墨，就不须花什么钱。谈不上什么编辑，选一个底本，排印一下就是。大都只是白文，无注释，多数连标点也没有。

我倒希望现在能出这种无前言后记，无注释、评语、考证，只印白文的普及本的书。我不爱读那种塞进长篇大论的前言后记的书，好像被人牵着鼻子走。读了那样板着面孔的前言和啰嗦的后记，常常叫人生气。而且加进这样的东西，书就卖得很贵了。

扫 叶 山 房

扫叶山房是龚半千的斋名，我在南京，曾到清凉山看过其遗址。但这里说的是一家书店。这家书店专出石印线装书，白连史纸，字颇小，但行间加栏，所以看起来不很吃力。所印书大都几册作一部，外加一个蓝布函套。挑选的都是内容比较严肃、有一定学术价值的古籍，这对于置不起善本的想做点学问的读书人是方便的。我不知道这家书店的老板是何许人，但是觉得是个有心人，他也想牟利，但也想做一点于人有益的事。这家书店在什么地方，我不记得了，印象中好像在上海四马路。扫叶山房出的书不少，嘉惠士林，功不可泯。我希望有人调查一下扫叶山房的始末，写一篇报告，这在中国出版史上将是有意思的一笔，虽然是小小的一笔。

我买过一些扫叶山房的书，都已失去。前几年架上有一函《景德镇匋录》，现在也不知去向了。

旧　书　摊

昆明的旧书店集中在文明街，街北头路西，有几家旧书店。我们和这几家旧书店的关系，不是去买书，倒是常去卖书。这几家旧书店的老板和伙计对于书都不大内行，只要是稍微整齐一点的书，古今中外，文法理工，都要，而且收购的价钱不低。尤其是工具书，拿去，当时就付钱。我在西南联大时，时常断顿，有时日高不起，拥被坠卧。朱德熙看我到快11点钟还不露面，便知道我午饭还没有着落，于是挟了一本英文字典，走进来，推推我："起来起来，去吃饭！"

到了文明街，出脱了字典，两个人便可以吃一顿破酥包子或两碗焖鸡米线，还可以喝二两酒。

工具书里最走俏的是《辞源》。有一个同学发现一家书店的《辞源》的收售价比原价要高出不少，而拐角的商务印书馆的书架就有几十本崭新的《辞源》，于是以原价买到，转身即以高价卖给旧书店。他这种搬运工作干了好几次。

我应当在昆明旧书店也买过几本书，是些什么书，记不得了。

在上海，我短不了逛逛旧书店。有时是陪黄裳去，有时我自己去。也买过几本书。印象真凿的是买过一本英文的《威尼斯商人》。其时大概是想好好学学英文，但这本《威尼斯商人》始终没有读完。

我倒是在地摊上买到过几本好书。我在福煦路一个中学教书。有一个工友，姑且叫他老许吧，他管打扫办公室和教室外面的地面，打开水，还包几个无家的单身教员的伙食。伙食极简便，经常提供的是红烧小黄鱼和炒鸡毛菜。他在校门外还摆了一个书摊。他这书摊是名副其实的"地摊"，连一块板子或油布也没有，书直接平摊在人行道的水泥地上。

老许坐于校门内侧,手里做着事,择菜或清除洋铁壶的水碱,一面拿眼睛向地摊上瞟着。我进进出出,总要蹲下来看看他的书。我曾经买过他一些书,——那是和烂纸的价钱差不多的,其中值得纪念的有两本。一本是张岱的《陶庵梦忆》,这本书现在大概还在我家不知哪个角落里。一本在我来说,是很名贵的:万有文库汤显祖评本《董解元西厢记》。我对董西厢一直有偏爱,以为非王西厢所可比。汤显祖的批语包括眉批和每一出的总批,都极精彩。这本书字大,纸厚,汤评是照手书刻印出的。汤显祖字似欧阳率更《张翰帖》,秀逸处似陈老莲,极可爱。我未见过临川书真迹,得见此影印刻本,而不禁神往不置。"万有文库"算是什么稀罕版本呢?但在我这个向不藏书的人,是视同珍宝的。这书跟随我多年,约10年前为人借去不还,弄得我想引用汤评时,只能于记忆中得其仿佛,不胜怅怅!

小镇书遇

我戴了右派帽子,下放张家口沙岭子劳动。沙岭子是宣化至张家口之间的一小站。这里有一个镇,本地叫做"堡"

(读如"捕")。每遇星期天,节假日,没有什么地方可去,我们就去堡里逛逛。堡里有一个供销社(卖红黑灯芯绒、凤穿牡丹被面、花素直贡呢,动物饼干、果酱面包,油盐酱醋、韭菜花、青椒糊、臭豆腐),一个山货店,一个缝纫社,一个木业生产合作社,一个兽医站。若是逢集,则有一些卖茄子、辣椒、疙瘩白的菜担,一些用绳络网在筐里的小猪秧子。我们就怀了很大的兴趣,看凤穿牡丹被面,看铁锅,看扫帚,看茄子,看辣椒,看猪秧子。

堡里照例还有一个新华书店。充斥于书架上的当然是毛选,此外还有些宣传计划生育的小册子、介绍化肥农药配制的科普书、连环画《智取威虎山》、《三打白骨精》。有一天,我去逛书店,忽然在一个书架的最高层发现了几本书:《梦溪笔谈》、《容斋随笔》、《癸巳类稿》、《十驾斋养新录》。我不无激动地搬过一张凳子,把这几册书抽下来,请售货员计价。售货员把我打量了一遍,开了发票。

"你们这个书店怎么会进这样的书?"

"谁知道!也除是你,要不然,这几本书永远不会有人要。"

不久,我结束劳动,派到县上去画马铃薯图谱。我就带了这几本书，还有一套郭茂倩的《乐府诗集》，到沽源去了。白天画图谱，夜晚灯下读书，如此右派，当得！

这几本书是按原价卖给我们的，不是廉价书。但这是早先的定价，故不贵。

鸡　蛋　书

赵树理同志曾希望他的书能在农村的庙会上卖，农民可以拿几个鸡蛋来换。这个理想一直未见实现。用实物换书，有一定困难，因为鸡蛋的价钱是涨落不定的。但是便宜到只值两三个鸡蛋，这样的书原先就有过。

我家在高邮北市口开了一爿中药店万全堂。万全堂的廊下常年摆着一个书摊。两张板凳支三块门板，"书"就一本一本地平放在上面。为了怕风吹跑，用几根削方了的木棍横压着。摊主用一个小板凳坐在一边，神情古朴。这些书都是唱本，封面一色是浅紫色的很薄的标语纸的，上面印了单线的人物画，都与内容有关，左边留出长方的框，印出书名：《薛丁山征西》、《三请樊梨花》、《李三娘挑水》、《孟姜女哭长城》……里面是白色有光纸石印的"文本"，两句之间空一字,念起来不易串行。我曾经跟摊主借阅过。一本"书"一会儿就看完了,因为只有几页,看完一本,再去换。这种唱本几乎千篇一律,开头总是:"自从盘古开天地,三皇五帝到如今",三皇五帝是和什么故事都挨得上的。唱词是没有多大文采的,但却文从字顺,合辙押韵(七字句和十字句)。当中当然有许多不必要的"水词"。老舍先生曾批评旧曲艺有许多不必要的字,如"开言有语叫张生","叫张生"就得了嘛,干嘛还要"开言"还"有语"呢?不行啊,不这样就凑不足 7 个字,而且韵也押不好。这种"水词"在唱本中比比皆是,也自成一种文理。我倒想什么时候有空,专门研究一下曲艺唱本里的"水词"。不是开玩笑,我觉得我们的新诗里所缺乏的正是这种"水词",字句之间过于拥挤,这是题外话。我读过的唱本最有趣的一本是《王婆骂鸡》。

这种唱本是卖给农民的。农民进城,打了油,撕了布,称了盐,到万全堂买了治牙疼的"过街笑"、治肚子疼的暖脐膏,顺便就到书摊上翻翻,挑两本,放进捎码子,带回去了。

农民拿了这种书,不是看,是要大声念的。会唱"送麒麟"、"看火戏"的还要打起调子唱。一人唱念，就有不少人围坐静听。自娱娱人，这是家乡农村的重要文化生活。

唱本定价120文左右，与一碗宽汤饺面相等，相当于3个鸡蛋。

这种石印唱本不知是什么地方出的（大概是上海），曲本作者更不知道是什么人。

另外一种极便宜的书是"百本张"的鼓曲段子。这是用毛边纸手抄的，折叠式，不装订，书面写出曲段名，背后有一方长方形的墨印"百本张"的印记（大小如豆腐干）。里面的字颇大，是蹩脚的馆阁体楷书，而皆微扁。这种曲本是在庙会上卖的。我曾在隆福寺买到过几本。后来，就再看不见了。这种唱本的价钱，也就是相当于三个鸡蛋。

附带想到一个问题。北京的鼓词俗曲的资料极为丰富，可是一直没有人认真地研究过。孙楷第先生曾编过俗曲目录，但只是目录而已。事实上这里可研究的东西很多，从民俗学的角度，从北京方言角度，当然也从文学角度，都很值得钻进去，搞10年8年。一般对北京曲段多只重视其文学性，重视罗松窗、韩小窗，对于更俚俗的不大看重。其实有些极俗的曲段，如"阔大奶奶逛庙会"、"穷大奶奶逛庙会"，单看题目就知道是非常有趣的。车王府有那么多曲本，一直躺在首都图书馆睡觉，太可惜了！

一九八六年七月八日

注　释

① 本篇原载《书香集》（姜德明主编，中外文化出版公司，1990年版），又发表在《群言》1990年第四期，仅收录"一折八扣书"和"旧书摊"两个章节；以《小镇书遇》为题发表在1990年5月2日《团结报》，收录"小镇书遇"一个章节；初收《汪曾祺全集》第四卷，北京师范大学出版社，1998年8月。

博　雅[①]

德熙写信来，说吴征镒到北京了，希望我去他家聚一聚。我和吴征镒——按辈分我应当称他吴先生，但我们从前都称他为"吴老爷"，已经四十年不见了。他是研究植物的，现在是植物研究所的名誉所长。我们认识，却是因为唱曲子。在陶光（重华）的倡导下，云南大学组织了一个曲会。参加的是联大、云大的师生。有时还办"同期"，也有两校以外的曲友来一起唱。吴老爷是常到的。他唱老生，嗓子好，中气足，能把《弹词》的"九转货郎儿"一气唱到底，苍劲饱满，富于感情。除了唱曲子，他还写诗，新诗旧诗都写。我们见面，谈了很多往事。我问他还写不写诗了，他说早不写了，没有时间。曲子是一直还唱的。我说我早就想写一篇关于他的报告文学，他连说"不敢当，不敢当！"

已经有好几篇关于他的报告文学了,他都不太满意。这也难怪。采访他的人大都侧重在他研究植物学的锲而不舍的精神,不大了解我们这位吴老爷的诗人气质。我说他的学术著作是"植物诗",他没有反对。他说起陶光送给他的一副对联:

为有才华翻蕴藉

每于朴素见风流

这副对子很能道出吴征镒的品格。

当时和我们一起拍曲子的,不止是中文系、历史系的师生,也有理工学院的。数学系教授许宝䯝就是一个。许家是昆曲世家,许先生唱得很讲究。我的《刺虎》就是他教的。生物系教授崔芝兰(女,一辈子研究蝌蚪的尾巴)几乎是每"期"必到,而且多半是唱《西楼记》。

西南联大的理工学院的教授兼能文事,——对文艺有兴趣,而且修养极高的,不乏其人。华罗庚先生善写散曲体的诗,是大家都知道的。有一次我在一家裱画店里看到一幅不大的银红蜡笺的单条,写的是极其秀雅流丽的文徵明体的小楷。我当时就被吸引住了,走进去看了半天,一边感叹:现在能写这种文徵明体的小字的人，不多了。看了看落款，知是：赵九章！赵九章是地球物理专家，后来是地球物理研究所的所长。真没想到，他还如此精于书法！

联大的学生也是如此。理工学院的学生大都看文学书。闻一多先生讲《古代神话》、罗膺中先生讲《杜诗》，大教室里里外外站了很多人听。他们很多是工学院的学生，他们从工学院所在的拓东路，穿过一座昆明城，跑到"昆中北院"来，就为了听两节课！

有人问我：西南联大的学风有些什么特点，这不好回答，但有一点可以提一提：博、雅。

解放以后，我们的学制，在中学就把学生分为文科、理科。这办法不一定好。

听说清华大学现在开了文学课，好！

注　释

① 本篇原载 1986 年 8 月 11 日、25 日《北京晚报》"桥边杂记"专栏；初收《汪曾祺全集》第四卷，北京师范大学出版社 1998 年 8 月。

知识分子的知识化[①]

这个题目似乎不通。顾名思义,"知识分子",当然是有知识的,有什么"知识化"的问题?这里所谓"知识",不是指对某一学科的专业知识,而是指全面的文化修养。

40多年前,在昆明华山南路一家裱画店看到一幅字,一下子把我吸引住了。是一个窄长的条幅,浅银红蜡笺,写的是《前赤壁赋》。地道的,纯正的文徵明体小楷,清秀潇洒,雅韵欲流。现在能写这样文徵明体小楷的不多了!看看后面的落款,是"吴兴赵九章"!这太出乎我的意料了!赵九章是当时少有的或仅有的地球物理学家,竟然能写这样漂亮的小字,他真不愧是吴兴人!我们知道华罗庚先生是写散曲的(他是金坛人,写的却是北曲,爱用"俺"字),有一次我在北京市委党校附近的商场看到华先生用行书写的招牌，也奔放，也蕴藉，较之以写字赚大钱的江湖书法家的字高出多矣！我没有想到华先生还能写字。一看，就知道：这是一个有学问的人写的字。我们知道，严济慈先生，苏步青先生都写旧体诗。严先生的书法也极有功力。如果我没有记错，"欧美同学会"的门匾的笔力坚挺的欧体大字，就是严先生的手笔（欧体写成大字，很要力气）。我们大概四二、四三年间，在昆明云南大学成立了一个曲社，有时做"同期"。参加"同期"的除了文科师生，常有几位搞自然科学的教授、讲师。许宝騄先生是数论专家，但许家是昆曲世家，许先生的曲子唱得很讲究。我的《刺虎》就是他亲授的。崔芝兰先生（女）是生物系教授，几十年都在研究蝌蚪的尾巴，但是酷爱昆曲，每"期"必到，经常唱的是《西厢记·楼会》。吴征镒先生是植物分类学专家，是唱老生的。他当年嗓子好，中气足，能把《弹词》的"九转货郎儿"唱到底，有时也唱《扫秦》。现在，他还在唱，只是当年曲友风流云散，找一个抉笛的也不易了。

　　解放以后的教育过于急功近利。搞自然科学的只知埋头于本科，成了一个科技匠，较之上一代的科学家的清通渊博风流儒雅相去远矣。

自然科学界如此，治人文科学者也差不多。

就拿我们这行来说。写小说的只管写小说，写诗的只管写诗，搞理论的只管搞理论，对一般的文化知识兴趣不大。前几年王蒙同志提出作家学者化，看来确实有这个问题。拿写字说。前一代，郭老、茅公、叶圣老、王统照的字都写得很好。闻一多先生的金文旷绝一代，沈从文先生的章草自成一格。到了我们这一辈就不行了。比我更年轻的作家的字大部分都拿不出手。作家写的字不像样子，这点不大说得过去。

提高知识分子的文化修养，这不是问题么？

知识分子的文化修养普遍地提高了，这对提高我们全民族的文化修养将会起很大的推动作用。反之，如果知识分子的文化修养不提高，全民族的文化水平将会不堪设想。

一九九〇年三月二日

注　释

① 本篇原载 1990 年 4 月 6 日《人民政协报》；初收《汪曾祺全集》第四卷，北京师范大学出版社，1998 年 8 月。

开卷有益①

大概在我十一二岁的时候，一年暑假，我在我们家花厅的尘封的书架上找到一套巾箱本木活字的丛书，抽出一本《岭表录异》看起来，看得津津有味。接着又看了《岭外代答》。从此我就对笔记、游记发生很大的兴趣。一直到现在，还是这样。这一类书的文字简练朴素而有情致，对我的作品的语言风格是有影响的。

我从小学五年级到初中一二年级，教国文的老师都是高北溟先生。高先生教过的课文中给我印象最深的是归有光的《先妣事略》和《项脊轩志》。有一年暑假，高先生教了我郑板桥的家书和道情。我后来从高先生那里借来郑板桥的全集，通读了一遍。郑板桥的元白体的诗和接近口语的散文，他的诗文中的蔼然的仁者之心，使我深受感动。全集是板桥手写刻印的，看看他的书法，也是一种享受。

有一年暑假，我从韦子廉先生读了几十篇桐城派的古文。"桐城义法"，未可厚非。桐城派并不全是"谬种"。我以为中学生读几篇桐城派古文是有好处的，比如姚鼐的《游泰山记》、方苞的《左忠毅公逸事》。

我读书的高中江阴南菁中学注重数理化，功课很紧，课外阅读时间不多，但也不是完全没有。我买了一套胡云翼编的《词学小丛书》；在做完习题后或星期天，就一首一首抄写起来。字是寸楷行书。这样就读了词也练了字。抄写，我以为是读诗词的好办法。读词，带有一定的偶然性，因为买了一套《词学小丛书》；同时词里大都有一种感伤情绪，流连光景惜朱颜，和一个中学生的感情易于合拍。

江南失陷，我不能到南菁中学读书，避居乡下，住在我的小说《受戒》所写的一个庵里。随身所带的书，除了数理化教科书外，只有一本屠格涅夫的《猎人日记》，一本上海的"野鸡书店"盗印的《沈从文选集》。我于是反反复复地看这两本书。可以说，这两本书引导我走上了文学道路，并且一直对我的作品从内到外产生极为深远的影响。

我在昆明西南联大读了中文系，选读了沈从文先生的三门课,《各体文习作》、《创作实习》和《中国小说史》,是沈先生的名副其实的入室弟子。沈先生为了教课所需,收罗了很多文学作品,古今中外,各种流派都有。他架上的书,我陆陆续续,几乎全部都借来读过。外国作家里我最喜爱的是:契诃夫和一个西班牙作家阿索林。因为,他们有点像我,在气质上比较接近。

作为一个文学爱好者,或有志成为作家的青年,应该博览群书,但是可以有所侧重,有所偏爱。一个作家,应该认识自己,知道自己的气质。而认识自己的气质之一法,是看你偏爱哪些作家的书。有的作家的书,你一看就看进去了,那么看下去吧;有的作家的书,看不进去,就别看!比如巴尔扎克,我承认他很伟大,但是我就是不喜欢,你其奈我何!

我主张看书看得杂一些,即不只看文学书,文学之外的书也都可以看看。比如我爱看吴其濬的《中国植物名实图考》,法布尔的《昆虫记》。有的书,比如讲古代的仵作(法医)验尸的书《宋提刑洗冤录》,看看,也怪有意思。

古人云:"开卷有益"。有人反对,说看书应有选择。

我觉得，只要是书，翻开来读读，都是有好处的，即便是一本老年间的黄历。

一九九一年十月二十一日

注　释

① 本篇原载《中学生阅读》1992 年第三期。

谈 幽 默[①]

《容斋随笔》载：关中无螃蟹。有人收得干蟹一只，有生疟疾的，就借去挂在门上，疟鬼（旧以为疟疾是疟鬼作祟）见了，不知是什么东西，就吓得退走了。《笔谈》云："不但人不识，鬼亦不识"。沈存中此语极幽默。

元宵节，司马温公的夫人要出去看灯，温公不同意，说自己家里有灯，何必到外面去看。夫人云："兼欲看人"，温公云："某是鬼耶？"司马温公胡搅蛮缠，很可爱。我一直以为司马先生是个很古怪的人，没想到他还挺会幽默。想来温公的家庭生活是挺有趣的。

齐白石曾为荣宝斋画笺纸，一朵淡蓝的牵牛花，几片叶子，题了两行字："梅畹华家牵牛花碗大，人谓外人种也，余画其最小者"。此老极风趣幽默。寻常画家，哪得有此。

此是齐白石较寻常画家高处。

小时候看《济公传》：县官王老爷派两个轿夫抬着一乘轿子去接济公到衙门里来给太夫人看病。济公说他坐不来轿子，从来不坐轿子，他要自己走了去。轿夫说："你不坐，我们回去没法交待"。济公说："那这样，你们把轿底打掉，你们在外面抬，我在里面走"。轿夫只得依他。两个轿夫抬着空轿，轿子下面露着济公两只穿了破鞋的脚，合着轿夫的节奏拍嗒拍嗒地走着。实在叫人发噱。济公很幽默，编写《济公传》的民间艺人很幽默。

什么是幽默？

人世间有许多事，想一想，觉得很有意思。有时一个人坐着，想一想，觉得很有意思，会噗噗笑出声来。把这样的事记下来或说出来，便挺幽默。

《辞海》"幽默"条云：

> 英文 humour 的音译。通过影射、讽喻、双关等修辞手法，在善意的微笑中，揭露生活中乖讹和不通情理之处。

这话说得太死了。只有"在善意的微笑中"却是可以同意的。富于幽默感的人大都存有善意，常在微笑中。左派恶人，不懂幽默。

注　释

①　本篇原载《大众生活》1993年创刊号；初收《塔上随笔》，群众出版社，1993年11月。

我的文学观[①]

我对文学讲究社会物质效益表示不耐烦。文学是严肃的，文学不能玩，作品完成后放在抽屉里是个人的事，但发表出来就是社会的事，必然对读者产生影响。

但文学的影响是潜在的，不具体的，用一句话来说就是潜移默化的，它不是直接的立竿见影的作用，不是简单的立刻显出物质影响的作用。像过去说的看过一个戏就去扛枪打鬼子。这样的事不可能，这也不是文学的使命。

文学的使命和作用可用那句古诗形容。"随风潜入夜，润物细无声。"文学的作用主要在于提高读者的人格品位，提高人类的整体素质。现在有一些年轻人的确趣味不高，要提高人类的趣味，我认为唯一有效的是文学，或者说文学是最有效的。

不要没烟抽了就写篇文章换烟钱，要把文学看成庄严的事业。

我上面说的是我的文学观，也是说给文学青年的话，如果还要说，我想有一点很重要，那就是思索。

现在流派很多，不要去理会，主张感受生活，观察生活是对的，但仅仅有所触动就动笔，马上写，是不能出现深层次的作品的，要想很多，整个创作过程思索很重要。有些年轻人没想好就写，自己还没想圆又怎么能写出好文章。之所以浮泛，是因为对生活没有更深的理解。

注 释

① 本篇原载《文友》1994年第八期。

书 到 用 时[①]

我曾经想写一短文，谈中国人的吃葱，想引用两句谚语："宁吃一斗葱，莫逢屈突通"。说明中国有些人是怕吃葱的。屈突通想必是个很残暴的人。但是他是哪一朝代的人，他做过什么事，为什么叫人望而生畏，却不甚了了。这一则谚语只好放弃。好像是《梦溪笔谈》上说过，对于读书"用即不错，问却不会"。很多人也像我一样，对于人物、典故能用，但是出处和意义不明白，记不住，知其然而不知所以然。这样读书实在是把时间白白地浪费了。

我曾有过一本影印的汤显祖评点本《董西厢》，我很喜欢这本书。汤显祖是大戏曲作家，又是大戏曲评论家。他的评点非常深刻，非常生动。他的语言也极富才华，单是读评点文章，就是很大的享受，比现在的评论家不知道要强多少倍——现在的评论家的文章特点，几乎无一例外：噜嗦！汤显祖谈《董西厢》的结尾有两种。一是"煞尾"，一是"度尾"。"煞尾"如"骏马收缰，寸步不移"；"度尾"如"画舫笙歌，从远处来，过近处，又向远处去"。这样用比喻写感受，真是妙喻！我很喜欢"汤评"，经常要翻一翻。这本书为一戏曲史家借去不还。我不蓄图书，书丢了就丢了，这本书丢了却叫我多年耿耿，因为在写文章时不能准确地引用，只能凭记忆背出来，字句难免有出入。——汤显祖为文是字字都精致讲究的。

为什么读书？是为了写作。朱光潜先生曾说，为了写作而读书，比平常地读书的理解、记忆要深刻，这是非常正确的经验之谈。即使是写写随笔、笔记，也比空过了强。毛泽东尝言：不动笔墨不读书，肯哉斯言。

注 释

① 本篇原载1996年9月10日《书友周报》；初收《汪曾祺全集》第六卷，北京师范大学出版社，1998年8月。